HEYNE

PAUL THEROUX

Der Fremde im Palazzo d'Oro

Roman

Aus dem Amerikanischen
von Gregor Hens

WILHELM HEYNE VERLAG
MÜNCHEN

Die Originalausgabe erschien 2004 unter dem Titel THE STRANGER AT THE PALAZZO D'ORO bei Houghton Mifflin Company, New York.

MIX
Papier aus verantwortungsvollen Quellen
FSC® C014496
FSC
www.fsc.org

Verlagsgruppe Random House FSC® N001967

Vollständige Taschenbuchausgabe 08/2016

Neumarkter Str. 28, 81673 München
Printed in Germany
Umschlaggestaltung: Nele Schütz Design München unter Verwendung eines Motivs von © Clifford Coffin, Condé Nast Archive/Corbis
Druck und Bindung: GGP Media GmbH, Pößneck
ISBN: 978-3-453-41966-1

www.heyne.de

Eine Schlange kroch an meinen Wassertrog
an einem glühend heißen Tag
– so heiß, ich trug den Schlafanzug –
um dort zu trinken.

D. H. Lawrence

1

Dies ist meine einzige Geschichte. Jetzt, mit sechzig, kann ich sie erzählen.

Vor Jahren, als Taormina noch ein Dorf war, das aufgrund der Hitze von den Touristen im Sommer gemieden wurde, zog es mich gerade wegen dieser Hitze an den Ort, wo D. H. Lawrence eines seiner besten Gedichte geschrieben hatte. Bei einem Spaziergang durch die steilen, von alten Steinhäusern und blühenden Sträuchern gesäumten Altstadtgassen blieb ich begeistert vor dem Palazzo d'Oro stehen – ich hatte nämlich ein Faible für schwelgerische, verheißungsvolle Namen. Hinter den vergoldeten Gesichtern im schmiedeeisernen, von scharfen Spitzen gekrönten Tor entdeckte ich auf der Terrasse eine goldblonde Frau und einen Mann mit einer eleganten Hakennase – ein hübsches Paar. Sie trugen weite weiße Kleidung und genossen ein ausgiebiges Mittagessen, wie es in Italien üblich ist. Ich stellte mir vor, wie es wäre, an ihrem Tisch zu sitzen, und dachte: Ich will euer Leben leben – ein neidischer Wunsch, von dem ich noch nicht wissen konnte, dass er meinen eigenen Untergang beschwor.

Ich hatte meine Launen immer mit meiner angeblichen Armut gerechtfertigt, die unweigerlich zu bestimmten Handlungen und Verhaltensweisen führe. In Wahrheit liebte ich das Risiko. Ich hätte mich schämen sollen, nicht, weil ich mich schlecht benommen hätte, sondern weil ich vieles für mich behielt und selten die Wahrheit sagte. Es machte mir Spaß, Geheimnisse zu hüten und Lügengeschichten zu erfinden. Zu meinen Lügen gehörte die Behauptung, ich sei arm.

Die Welt kennt mich und feiert mein Werk. Meine Gemälde, in denen mein gesamtes rastloses Leben festgehalten ist, sind wie gute Taten, sie kommen dem pharaonischen »Bekenntnis der Sündenlosigkeit« nahe – einer negativen Beichte: all die anstrengenden Reisen, die eigenen Entdeckungen, die immer wieder triumphale Heimkehr. Zu einer Zeit, als berühmte Maler zu Hause blieben, mit Farbe herumspritzten, mit dem Rechenschieber Proportionen bestimmten, Federn und Tonscherben auf Leinwände klebten, Streifen und Kreise malten oder gleich gigantische einfarbige Bilder, reiste ich in ferne Länder und porträtierte die Menschen, die ich dort antraf, in ihren ureigenen Landschaften – schlichte, freundliche Menschen, ausschließlich Eingeborene in den natürlichsten Posen. Ich musste für diese Bilder viel Kritik einstecken, besonders in der Presse, wo man mir die starke Linienführung vorhielt, die Klarheit der Figuren, die seitlichen, verschämten Blicke. Tatsächlich geht es darum, dass ich mit meiner Arbeit sehr gut verdient habe. Denn meine Förderer und Sammler sind immer wieder mit mir auf Reisen gegangen, ich habe sie – all meinen Kritikern zum Trotz – mit meinen Bildern in exotische Landschaften geführt; in den zahlreichen Serien von signierten Lithographien – die *Bilder aus Indien, Bilder aus China, Bilder aus Afrika*, die geschlossene Erzählungen sind, weit mehr als Sammlungen einzelner Drucke – haben sie mich begleitet.

Wenn man mir vorhält, meine Gemälde seien zu »eingängig«, sage ich immer, dass meine Stärke im Erzählen liege. Was ich aber noch nie jemandem gesagt habe, ist, dass die findigsten Erzähler diejenigen sind, die eine bestimmte Geschichte meiden – und zwar die einzige, die ihnen selbst gehört. Statt sie anzurühren, erzählen sie von anderen, aufregenderen Dingen. Die Quelle des phantastischen Erzählens ist oftmals dieses Geheimnis. Der Phantast verbirgt, um auf die Wahrheit zu deuten, er umspielt die eigentliche Geschichte und weicht ihr immer wieder aus. Manchmal ist es nicht das Abwegige, das verwirrt, sondern die unübersehbare Zahl der Möglichkeiten. Dies ist – wie gesagt – meine einzige Geschichte.

Für einen Reisenden, der ich immer gewesen bin, wäre es ein Leichtes gewesen, noch einmal nach Taormina zurückzukehren. Doch obwohl ich immer wieder in Sizilien war, habe ich es nie getan. Ich widerstand der Versuchung und wusste doch, dass der Zeitpunkt kommen würde, und zwar mit meinem eigenen sechzigsten Geburtstag. Kein Alter, dachte ich eigentlich, nur die anderen sahen es nicht so.

An meinem fünfzigsten Geburtstag hatte ich ein Selbstporträt angefertigt, das vom Publikum – dem wachsamen Gesicht und der feinen Andeutung eines ruhelosen Blicks zum Trotz – als sanftmütig gepriesen wurde. Zehn Jahre waren seither vergangen. Der Sechzigste eignete sich kaum als Anlass für ein solches Selbstporträt. Stattdessen drängte es mich, noch einmal auf Reisen zu gehen, und zwar in dem Geist von damals. Wenn ich unterwegs war, konnte ich ein anderer sein – in diesem Fall, im Monat meines Geburtstags, der junge Mann, der ich mit einundzwanzig gewesen war, als ich mich im heißen Sommer 1962 in Sizilien wiederfand und von einem Mädchen zurückgewiesen wurde, das ich sehr mochte, Fabiola, eine Principessa. »Das bedeutet hier gar nichts!«

Mir allerdings bedeutete der Titel durchaus etwas. Ich war ihr aus Falconara und Urbino – ich liebte diese Namen – bis Palermo gefolgt. Da sie aber Sizilianerin war, durfte sie nicht mit mir gesehen werden, es sei denn, wir wären – zumindest annähernd – verlobt. Ich musste sie zu meiner *fidanzata* machen, ich musste ihr sagen, dass ich sie liebte. Ansonsten sei sie eine Schlampe, sagte sie. Vielleicht ahnte sie, dass ich es nicht sehr ernst meinte. Ich war ein etwas frecher, viel zu junger Amerikaner (Fabiola war dreiundzwanzig), der das Italien von Fellini und Antonioni suchte und hungrig war nach neuen Erfahrungen. Ich erklärte ihr, ich sei Existenzialist – ein beliebtes Wort im Italien des Jahres 1962 –, es war die einfachste Möglichkeit, jegliche Verantwortung von sich zu weisen. Ich war beharrlich und voller Ungeduld, immer auf der Hut vor Menschen, die mir die Freiheit nehmen wollten, eine Eigenschaft, die mich zum Einzelgänger gemacht hatte. Fabiola hatte Romantisches im Sinn, sie verlangte Hingabe. *Liebe mich,* bettelten ihre Augen, *liebe mich, und ich werde dir alles geben.* Für mich aber war Liebe eine Niederlage, Liebe war Tod. Ich schwor, dass mir das Wort niemals über die Lippen kommen würde.

Und dann lebte ich mein Leben, vierzig weitere Jahre lang. Es waren die wichtigen Jahre, die Jahre der Familie, der großen Anstrengungen, der Liebe und der Anerkennung, und es fehlte nicht an Enttäuschungen und Verlusten, an Hinweisen, dass vor meinem näher rückenden Tod noch Schlimmeres zu erwarten war.

Ich war wieder in Sizilien, ein Sechzigjähriger, der noch einmal die alten Wege ging, der die guten Hotels mied und nach den Spuren seines früheren Selbst suchte. Palermo war viel amerikanischer als damals – und freizügiger. Frauen benutzten Handys, Männer trugen Jeans, und selbst die Nonnen in ihren unförmigen Ordenskleidern hatten etwas sehr Weltliches. Ich rief Fabiola an. Die einzige Nummer, die ich von ihr hatte, war ungültig, im Telefonbuch stand sie nicht. Ich streifte umher, suchte nach Vergangenem und entdeckte kaum etwas, das mit dem anspruchslosen Jungen, der einst so unbeschwert durch Sizilien gereist war, in Zusammenhang stand.

Ich nahm den Zug nach Messina, von dort den Express nach Catania. In Taormina-Giardini stieg ich aus, ging zu Fuß in die Oberstadt hinauf, wie ich es vor Jahren getan hatte. Ich nutzte die Gelegenheit, mein Gedächtnis zu prüfen. Ich fertigte in Gedanken kleine Skizzen an und redete leise mit mir selbst, wie es meine Angewohnheit ist, wenn ich einer Erinnerung nachspüre.

Hotels halten sich besser als Restaurants. Der Palazzo d'Oro an der Via Roma erlebte, obschon er von neueren und renovierten Häusern umgeben war, eine Art späte Blüte. Zufrieden stellte ich fest, dass es schön sein könnte, noch einmal dort abzusteigen, in den alten Erinnerungen zu schwelgen, mich ernsthaft dem Zeichnen zu widmen und meine Geschichte aufzuschreiben – wodurch der Aufenthalt eine besondere Bedeutung, sogar etwas Zeremonielles erhalten würde, ein Ritual des Gedenkens an all die Jahre, die seither vergangen waren.

Ich ging zum Pool, einem neuen Pool, und sah dort ein Mädchen mit kurzem, von der Sonne gebleichtem Schopf, das oben ohne ausgestreckt auf einer gestreiften Liege lag. Ihre Brüste waren klein und fest, sie war höchstens siebzehn Jahre alt. So lag sie da: mit geöffneten Schenkeln, die Hände hinter dem Kopf, eine aufblitzende Balthus-Phantasie, die endete, als sie ihr Knie umfasste und die Beine anzog. Sie wandte sich ab und zupfte wie ein elfisches, zwischen Unschuld und Verruchtheit schwankendes Wesen – oder ein gelangweilter Teenager – an ihrem goldenen Bikinihöschen. Der Anblick brachte mich beinahe um den Verstand. Ich starrte, sie hatte mich noch nicht entdeckt, ich konnte mich kaum losreißen von den kleinen Brüsten, den hellen Knospen, die ihr den Anschein von Unschuld verliehen.

Ein Hoteldiener kam, er trug ein langes Gewand und ein weißes Käppchen, der Araber, der *Moro* des Palazzo d'Oro also, führte mich schließlich an ihr vorbei.

Das sonnenbadende Mädchen griff nach seinem Glas und trank eine pinkfarbene Flüssigkeit. Ich bewunderte die pulsierende Bewegung ihrer Nackenmuskeln, die schlanke Kehle, die sich mit jedem Schluck neu füllte. Ich stellte mir vor, dass sie mich über den Rand des Glases hinweg beobachtete.

1962 war ich von der Via Fontana Vecchia zurückgekehrt, wo Lawrence gewohnt hatte und, so vermutete ich, sein wunderschön trauriges Gedicht, eine Selbstanklage, geschrieben hatte, und war an der Mauer des Palazzo stehen geblieben. Mir war der Name ins Auge gefallen, die vergoldeten Gesichter. Bald entdeckte ich auf der Terrasse ein Paar, das zu Mittag aß. Wie gern würde ich in diesem Hotel wohnen!, schwärmte ich, doch ein Zimmer in einer der schmutzigen Pensionen in der Unterstadt, zwischen Strand und Bahnschienen, war das Einzige, was ich mir leisten konnte. Ich war müde, die Hitze machte mir zu schaffen, denn ich war – zur heißesten Zeit des Jahres – dritter Klasse in einem sehr langsamen Zug gefahren.

Ich reiste damals mit einem einzigen Satz Wäsche zum Wechseln. Ich trug ein hell gestreiftes Jackett über einem T-Shirt, dazu eine Jeans. Meine Tasche war so klein, dass ich überhaupt nicht als Tourist zu erkennen war, ich sah eher wie ein Junge aus, der mit Büchern und Mappen zur Schule ging. Das leichte Gepäck machte es möglich, neue Orte zu entdecken und spontane Entscheidungen zu treffen: Bleibe ich hier oder ziehe ich weiter, vertrödele ich die Zeit am Strand, trampe ich zum nächsten Ort, oder schlafe ich im Nachtzug in der dritten Klasse, um Geld zu sparen? Meist begann ich erst nach Sonnenuntergang, mir Gedanken um eine Unterkunft zu machen, und es war noch Vormittag, als ich an jenem Tag Taormina erkundete. Wie schön es wäre, dachte ich, auf dem Briefpapier des Palazzo d'Oro eine Nachricht zu schreiben! Vielleicht an Fabiola, die Principessa. Der Briefkopf, den ich auf einer nahe der Terrasse aushängenden Tageskarte sah, war von zwei goldenen Mohrengesichtern und Palmen geschmückt – ein Hauch von Afrika hier in Sizilien.

Nun stand ich in meinem Zimmer, und ich sah vor meinem inneren Auge, wie mein jüngeres Selbst das Hotel betrat, wie es, um Gelassenheit bemüht, vor der gleißenden, gelb gekachelten Mauer die heiße Terrasse überquerte und Kaffee mit einem Glas Wasser bestellte.

Wo sich jetzt das halbnackte Mädchen auf der Liege räkelte, befand sich damals eine Markise, kaum jemand kam auf die Idee, in Sizilien ein Sonnenbad zu nehmen. Im Schatten der Markise, geschützt von der Mauer des Swimmingpools, saßen, vertieft ins

Gespräch wie Liebende, der Mann und die Frau. Sie hatten die exakt gleichen Strohhüte auf, die Frau, ganz in Weiß gekleidet, trug hübsche Spitzenhandschuhe. Sie waren die einzigen Gäste.

Aus der Ferne – auf meinen Augen mag ein leichter Schleier gelegen haben wegen der schlaflosen Nacht – wirkte die goldblonde Frau jung und attraktiv, ich schätzte sie auf Mitte dreißig. Offenbar ein Liebespaar, dachte ich, der Mann schien aufmerksamer als ein Ehemann. Gerade bat er sie um etwas, inständig, er bettelte förmlich, hilflos und ausgeliefert wie Fabiola. Das Mittagessen auf ihrem Tisch sah köstlich aus, es bestand, wie üblich in der Hitze des italienischen Sommers, aus verschiedenen Salaten und Antipasti. Es waren gelbe Tomaten darunter, irgendein roter Salat, hauchdünn geschnittenes Fleisch, Hummerschwänze, Garnelen, Oliven und eingelegte Gürkchen, Artischocken und Palmherzen, frische, in hohen Gläsern servierte Säfte. Es war ein perfekter Tag, in der Ferne schimmerte das blaue Meer, der Ätna stieß in schöner Regelmäßigkeit kleine graue Rauchwolken aus, die dicken, gedrungenen Mauern des Palazzo waren unerschütterlich. Unter der großen grünen Markise hatte das Paar mit den weißen Hüten etwas Magisches.

Ich will euer Leben leben, dachte ich wieder, es war Neid, beißend, scharf und neu, den ich am Gaumen schmeckte. Wussten diese Leute denn, wie gut sie es hatten? Wäre es nicht wunderbar, wenn ich an ihrer Stelle säße, ich selbst, um an diesem schönen sizilianischen Mittag mein Essen einzunehmen, ohne jede

Eile, ohne weitere Pläne? Ich sehnte mich nach einem Zimmer in diesem Hotel mit dem prachtvollen Namen. Kühn vor Neugier stand ich auf und trat, während ich vielleicht einen Teller skizzierte, eine Mauer mit rankenden Blüten oder den blauen Streifen des Meers über den Wipfeln der Pappeln und Zypressen, näher an den Tisch des Paars. Wenn ich zeichnete, wurde ich oft von Fremden gebeten, ihnen meine Skizzen zu zeigen.

Doch die beiden sprachen mich nicht an, ich musste aus der Nähe erkennen, dass ich mich getäuscht hatte. Nichts war, wie ich es gesehen hatte, außer dem Meer.

Das gleißende Licht hatte der Frau zum Vorteil gereicht, hatte ihr Gesicht geglättet, ihr einen klareren Ausdruck verliehen. An den Lippen erkannte ich, dass sie älter war, als ich gedacht hatte. Das blonde Haar war gefärbt, ihre Haut war weiß und straff wie die eines Fisches. Ihr Körper war dürr und staksig wie der eines hungernden Mädchens. Aber der Strohhut, die Sonnenbrille, das strohblonde Haar und die Spitzenhandschuhe machten mich neugierig. Der Mann kritzelte etwas auf einen Block, sie hatten die Speisen, die vielleicht überhaupt nicht essbar waren, nicht angerührt.

Als ich gerade an meinen Tisch zurückkehren wollte, sprach mich der Mann doch noch an und winkte mich zu sich. Sein gekrümmter Finger, die Melodie seiner Worte verrieten, dass er kein Italiener war, sondern ein Ausländer.

»Wir möchten bitte Ihre Skizzen sehen«, sagte er.

Mein Plan war also aufgegangen. Trotzdem zögerte ich.

»Sie müssen Sie uns wohl zeigen«, sagte er mit dem Selbstbewusstsein, das ich für ein Kennzeichen reicher Leute hielt. »Sonst ist hier nämlich niemand.«

Ich willigte ein und erkannte im selben Augenblick, dass meinem anfänglichen Wunsch, ihr Leben zu leben, eine Täuschung zugrunde lag. Ich hatte die beiden für ein Liebespaar gehalten, das Mittagessen für ein romantisches Tête-à-tête. Ich hätte falscher nicht liegen können, wie ich nun feststellte. Da ich der Täuschung aber einmal aufgesessen war, da ich ihren Platz einnehmen und besitzen wollte, was sie besaßen, würde ich für meinen Neid am Ende bezahlen müssen. Trotzdem drängte es mich, den nächsten Schritt zu tun. Ich hatte schließlich keine anderen Pläne.

»Sind Sie gerade erst in Taormina angekommen?«

»Ich bin schon eine Weile hier«, antwortete ich ausweichend. »Ich bin hier, um ein wenig zu zeichnen und einige literarische Nachforschungen anzustellen. D. H. Lawrence hat in den Zwanzigern in der Via Fontana Vecchia gewohnt.«

Zehn Minuten hatte ich auf der Suche nach einem Motiv, einem Trog vielleicht, vor Lawrence' Haus gestanden. Ich hielt mich bedeckt, ich wollte ihnen nicht die ganze Wahrheit erzählen: die harten Sitze in der dritten Klasse, der steile, beschwerliche Weg hinauf in die Stadt, der widerliche Gestank der italienischen Stop-Zigaretten, es war einfach zu schrecklich.

»Er war mit einer Deutschen verheiratet«, sagte die Frau, als müsste sie mich korrigieren. »Auch Thomas Mann ist hier gewesen.«

Ich ging also davon aus, dass sie selbst Deutsche war, sie sprach mit starkem Akzent. Die weitere Konversation übernahm der Mann mit der Hakennase, dessen schmales Gesicht trotz der dunklen Haut etwas sehr Edles hatte. Er machte mir Komplimente für die Zeichnungen und stellte einige Fragen, die ich ohne Rücksicht auf die Wahrheit beantwortete, um mich ins rechte Licht zu rücken.

Ihr Alter hatte ich völlig falsch eingeschätzt. Ein Einundzwanzigjähriger kennt sich mit der Zeit nicht aus, er versteht das Alter nicht, er weiß es nicht zuzuordnen: achtunddreißig ist alt, mit vierzig ist man unrettbar verloren, mit fünfzig ist man ein Greis, und wer noch älter wird, ist unsichtbar. Man kann das anziehend finden oder abstoßend, andere Möglichkeiten gibt es nicht. Abstoßend war die Deutsche keinesfalls, allerdings hatten ihr die Bemühungen, sich jünger zu machen, als sie war, einen puppenartigen und nachlässigen Ausdruck verliehen.

Sie waren aber offensichtlich sehr wohlhabend. Die Reichen waren damals für mich so etwas wie das mythische El Dorado – eine Rasse goldener Giganten, in jeder Hinsicht mächtig, geschützt und überlegen, sogar körperlich. Sie konnten kaufen, was sie wollten, sie traten selbstbewusst auf, sprachen eine eigene Sprache und sahen, da sie hoch oben in ihren Palästen wohnten, nur ihresgleichen. Es tat weh, das Paar auf diese Weise zu betrachten. Es war besser, nicht daran zu denken, wie begrenzt meine eigenen Möglichkeiten waren. Und wie ich, wollte ich es im Leben zu etwas bringen, in diesen Palast eindringen, ihn zu meiner eigenen Wohnung machen müsste – nicht, indem ich ihn belagerte und seine Befestigungen niederriss, sondern indem ich mich einschlich, hineinschlüpfte durch einen geheimen Gang, eine Hintertür, ein Mauseloch.

Die Frau lächelte selbstvergessen und zeigte mir ihr Profil, der Finger ihres Spitzenhandschuhs stützte kaum merklich ihr Kinn.

»Wir haben gerade über die Oper gesprochen, wir finden es schade, dass es im Teatro Greco keine Vorstellungen gibt«, sagte der Mann.

Ich war dankbar für dieses Thema. Ich war zwar materiell mittellos, hatte aber viel gelesen und sprach sogar Italienisch, und da ich mir fest vorgenommen hatte, alle größeren Bildungslücken selbst zu schließen, hatte ich mich so umfassend wie möglich auch mit der Oper beschäftigt.

»Ich habe in Urbino eine neue Inszenierung von *Otello* gesehen«, sagte ich.

»Die einfachen Menschen lieben diesen Herrn Grün«, sagte die Frau.

»Nicht Verdis *Otello*«, sagte ich.

Was sie verwunderte, wie ich erfreut feststellte. Ich wurde mutiger.

»Rossinis *Otello* meine ich, sie haben die Fassung mit dem Happy End genommen.«

»Ich bevorzuge die französische Oper«, sagte der Mann.

»Ich wünschte, Bizet wäre mit dem *Salammbô* besser zurechtgekommen.«

»Es gibt keinen *Salammbô*«, sagte die Frau, und der streitbare Ton dieser trotzigen Haarspalterei hinterließ Spuren in ihrem Gesicht.

»Er hat ihn nicht beendet. Flaubert hat es nicht zugelassen.«

Stimmte es, was ich da behauptete? Es klang immerhin ziemlich klug, sie schienen es zu glauben. Statt Wagner oder Verdi, mit denen sie sich vermutlich gut auskannten, erwähnte ich seltenere Werke. Vieles davon kannte ich gar nicht, und das wenigste hatte ich auf der Bühne gesehen. Da ich aber die bekanntesten Werke mied, machte ich es ihnen unmöglich, meine Ausführungen zu hinterfragen. Ich war jung, aber fintenreich.

»Ich bin jedes Jahr in Glyndebourne.«

Nicht wir, sondern ich, womit sie mir zu verstehen gab, dass der Mann weder ihr Gatte noch ihr Liebhaber war. Der Mann war also ein Lakai, vielleicht ein Freund.

»In meiner Heimatstadt haben wir eine sehr gute Oper. Boston. Und auch in Lenox im Tanglewood.«

»Davon habe ich gehört«, sagte der Mann.

So gelang es mir, den Eindruck zu festigen, dass sie es mit einem klugen und gebildeten Menschen zu tun hatten.

»Sie haben recht – es ist sehr schade, dass sie das Teatro Greco nicht für Opernaufführungen nutzen.«

»Nun, das tun sie aber«, sagte der Mann.

Aus Furcht, meine eigene Unwissenheit verraten zu haben, riskierte ich eine weitere Verallgemeinerung und sagte: »Diesen Sommer, meine ich.« Der Mann nickte, ich bewegte mich auf einem schmalen Grat.

»Die Sitze sind so hart«, sagte die Frau. »Ich weigere mich, auf Marmor zu sitzen. Ich erwarte einen weichen Sessel auf einem Balkon!«

Die einzig angemessene Reaktion wäre gewesen, sie für eine verwöhnte Zicke zu halten, aber ihre Direktheit und Kompromisslosigkeit beeindruckten mich. Was sollte ich mit griechischen Ruinen anfangen, was soll ich mit alten Steinbänken in Siracusa und Taormina …?

Wir plauderten noch ein wenig über die Hitze, das gefährlich grelle Mittagslicht, die Wildblumen, die Leere, die ausbleibenden Touristen.

»Deshalb komme ich ja«, sagte die Frau.

Schon wieder dieses »ich«. Sie reiste, wohin sie wollte, den Mann nahm sie zum Zeitvertreib mit.

»Haben Sie schon gegessen?«, fragte er und zeigte auf die Teller. »Bedienen Sie sich doch, bitte.«

»Nein, danke«, sagte ich, obwohl ich halb verhungert war. Denn ich war stolz, und ich spürte, dass höfliche Zurückhaltung gut bei ihnen ankommen würde. Vielleicht würde ihre Achtung vor mir steigen.

»Es stört Sie hoffentlich nicht«, sagte der Mann und nahm eine winzige Menge Salat. Die Frau, die noch immer ihre Handschuhe trug, spießte mit einem silbernen Instrument Oliven von einer Antipasti-Platte und knabberte daran.

»Sehr erfreut, dass wir uns ein wenig unterhalten konnten«, sagte ich und empfahl mich. Ich kehrte an meinen Tisch und zur leeren Kaffeetasse zurück, schlug mein Skizzenheft auf und machte mich daran, eine meiner Zeichnungen zu schattieren.

Die beiden unterhielten sich weiter. Schließlich stand die Frau auf, langsam und vornehm, ihr weißes Kleid war lang und wunderschön. Glitzernd im blendenden Licht verließ sie die Terrasse. Der Mann blieb sitzen, um zu bezahlen, es war die übliche italienische Umständlichkeit, eine Untertasse, die gefaltete Rechnung, ein großes Hin und Her, dazu ein paar höfliche Worte. Als der Kellner fortging, die Untertasse mit dem Geld in der Hand, trat der Mann an meinen Tisch.

Er sah mir in die Augen, worauf er vertraulich lächelte, als würde er mich bereits gut kennen.

»Ich habe es arrangiert, dass Sie hierbleiben können«, sagte er. Ich protestierte schwach. »Nein, nein, ich bin auch einmal Student gewesen, es wird sehr nett sein, Sie zum Nachbarn zu haben. So können wir unsere Unterhaltung fortführen.«

Er hatte mich bereits vollkommen durchschaut.

2

So kam es, dass ich mich eine Stunde, nachdem ich den Palazzo d'Oro entdeckt hatte, in einem Zimmer mit Meerblick eingerichtet hatte. Ich trug einen Bademantel mit dem Monogramm des Hotels, saß auf meinem eigenen Balkon und aß ein Geflügelsandwich. In meinem Campari-Soda klingelten Eiswürfel, die sanfte Brise strich mir übers Gesicht. Es war wie Zauberei, mein Leben hatte eine magische Wendung genommen.

»Er ist mein Gast«, hatte der Mann gesagt, ich kannte nicht einmal seinen Namen. Er bat um meinen Pass, auf den er nur den kürzesten Blick warf. »Mr Mariner wünscht eine Suite mit Blick auf *il vulcano*. Setzen Sie sie auf meine Rechnung.«

Kurz darauf nannte er mir beiläufig seinen Namen. »Nennen Sie mich Harry.« Es war, als wäre sein Name Fiktion, was er in der Tat war. Eigentlich hieß er Haroun.

Als ich mich bedanken wollte, legte er die Fingerspitze unmissverständlich an die Lippen und gebot mir zu schweigen, sein drohender Finger wurde urplötzlich zu einem gefährlichen Instrument, einer feinen Waffe.

»Unser kleines Geheimnis«, sagte er. »Verraten Sie der Griffin nichts.«

Ich war verwirrt und wollte mich nicht gleich darauf einlassen, tatsächlich hatte ich aber keine Wahl, denn das Zimmer war bereits bezahlt. Ich kann ja später wieder gehen, sagte ich mir, um mein Gewissen zu beruhigen, ich kann spontan verschwinden, wie ich gekommen bin. Ich könnte mich fortschleichen, wie ich mich aus dem Leben von Fabiola, meiner Principessa, geschlichen hatte. Vor allem aber war das Zimmer ein Triumph, ein Geschenk des Himmels. Außerdem gefiel mir Harouns geheimnisvolle Art, sein verschwörerischer Ton, der komisch und schmeichelnd zugleich war. Und Griffin? So hieß wohl die Frau.

»Kein Wort, zu niemandem.«

»Die Griffin ist nicht meine Griffin, wie Sie vielleicht denken mögen, sie ist aber eine sehr enge Freundin. Ich kenne sie seit vielen Jahren – es gibt wirklich keinen Ort der Erde, den wir nicht gemeinsam besucht haben.«

Wir waren in meinem Zimmer – er war mir mit dem Hoteldiener gefolgt, nicht dem *Moro*, sondern einem breitschultrigen Sizilianer, den Haroun während unseres Gesprächs beobachtete, und als sich der Junge bückte und streckte, um meine Tasche auf eine Ablage zu legen und die Fensterläden zu verstellen, sah er ihn von oben bis unten an.

»Sehen Sie nur die Haut dieser Leute!«

Er kniff dem Jungen in die Wange und in den Arm, als wollte er seinen Anzugstoff prüfen. Der Junge, der immer noch mit den Läden beschäftigt war, ließ es grinsend zu.

»Berühren Sie niemals ihre Frauen«, sagte Haroun, »das ist in Sizilien ein eisernes Gesetz. Sie werden Sie umbringen. Aber die Jungen – sehen Sie doch nur, diese Hautfarbe!«

Nun bemerkte auch der Junge Harouns bewundernde Blicke. Er trat einen Schritt zurück und sagte: *»Bacio la mano«*, ich küsse Ihre Hand, worauf Haroun, dem dieses Spielchen gefiel, die Hand des Jungen nahm, um ihm einige Geldscheine zuzustecken.

»Ciao, bello«, sagte Haroun lächelnd, als der Junge das Zimmer verließ und die Tür hinter sich schloss.

Nun, da ich mit Haroun allein war, hatte ich das ungute Gefühl, dass mir das Zimmer nicht gehörte, dass ich mit dem Angebot auch diesen kleinen, dunklen lächelnden Mann angenommen hatte, der, so glaubte ich, drauf und dran war, mich zu bedrängen. Aber schon mit dem nächsten Satz, den er sagte, wurde mir klar, dass sein Lächeln ein verträumtes, schwelgerisches war, er schien sich an etwas zu erinnern. Wenn Menschen lächeln, teilen sie uns manchmal mit, dass sie sich an ein vergangenes Glück erinnern.

»Die Griffin ist eine so liebe Freundin«, sagte er. »Und natürlich haben auch wir unsere Geheimnisse.«

Vielleicht, dachte ich, bekommt er Geld von der Dame.

»Sie ist ein großartiger Mensch«, sagte er, »wundervoll und großzügig.«

Ich hatte es also richtig eingeschätzt.

»Und so empfindsam!« Er stand da und machte keine Anstalten zu gehen, und er betrachtete das Zimmer, als wäre es sein eigenes, was es ja auch war. »All diese noblen, feinen Eigenschaften haben ihr eine großartige Seele gegeben, ein echtes Talent für Freundschaft. Vielleicht haben Sie das auch schon bemerkt.«

Was ich bemerkt hatte, war, dass sie reich war, anstrengend und ausschließlich mit sich selbst beschäftigt, doch ich lächelte und bestätigte, dass sie ein sehr empfindsamer Mensch mit einer großen Seele sein müsse. Ich hatte in dem Zimmer das Gefühl, keine andere Wahl zu haben. Es fiel mir aber auch nicht schwer, ihm in allem zuzustimmen, es war ja nur Konversation. Zumindest dachte ich das.

»Sie haben eine beachtliche Auffassungsgabe«, sagte er, »ich bewundere euch Amerikaner. Da tauchen Sie einfach an diesem seltsamen Ort auf, Sie haben einen Pass in der Tasche und ein Reiseköfferchen in der Hand, das ist phantastisch.«

Dem Mann entgeht gar nichts, stellte ich eingeschüchtert fest.

»Wahrscheinlich möchten Sie sich ein wenig ausruhen«, sagte er. »Um sieben Uhr treffen wir uns meistens auf der Terrasse und trinken etwas. Es ist sehr nett hier, Sie werden es sicher genießen. *Ciao*, bis später.«

War das eine Einladung? Ich war mir nicht sicher, mir schien aber, dass ich Teil eines größeren Arrangements war, das im Augenblick noch nicht zu überblicken war. Als er fort war, bestellte ich ein Sandwich und einen Campari-Soda, und ich versuchte, über dieses Arrangement nicht weiter nachzudenken: Ich kann ja morgen fortgehen, ich kann abreisen, wie ich gekommen bin, mit dem Zug nach Messina. Es gab Schlimmeres, als in Italien pleite zu sein – die Menschen waren aufgeschlossen und selbst Ausländern gegenüber gastfreundlich. Ich sprach Italienisch, es fiel mir nicht schwer, auf Menschen zuzugehen, wofür das Zimmer, in dem ich mich befand, der beste Beweis war.

Natürlich erwarteten sie etwas von mir, ich wusste nur noch nicht, was.

Da ich nicht wirklich eingeladen war, ging ich erst um kurz vor acht auf die Terrasse. Die Frau, die Haroun Griffin nannte, hielt ein Weinglas in der Hand und betrachtete das Funkeln auf dem Meer – es waren Fischerboote. Haroun winkte und gab mir unmissverständlich zu verstehen, dass ich am Tisch erwartet wurde. Sein Befehl wirkte ausgesprochen mühelos und lässig, er war es offenbar gewohnt, dass man ihm gehorchte. Die Frau, deren Blick auf die flackernden Lampen der Boote gerichtet blieb, schien sich für mich nicht zu interessieren.

»Sehen Sie nur, Griffin, unser amerikanischer Freund.«

Ich war jetzt überzeugt, dass der Mann bis zum Äußersten berechnend war. *Unser kleines Geheimnis. Um sieben Uhr treffen wir uns meistens auf der Terrasse.* Das verschwörerische Blitzen seiner Augen warnte mich, auf der Hut zu sein, es war entscheidend, jede seiner Andeutungen zu erkennen und seine Motive zu verstehen.

Ich setzte mich zu ihnen. Griffin zeigte weiterhin kein Interesse an mir. Sie trank ihren Wein, vielleicht war sie schon etwas angetrunken. Es gibt ja Momente, in denen Betrunkene aussehen, als wären sie besonders konzentriert. Wenn ihr Denken erlahmt und der Blick glasig wird, runzeln sie die Stirn und starren in die Ferne. Ich betrachtete ihre Wangen, die sehr glatt waren. Nur sie kam aus Deutschland, er nicht. Sie sah aus wie eine gestürzte Königin, die noch einmal auf den Thron gehoben worden war – als hätte sie eine Krankheit überwunden, die Spuren in ihrer Schönheit hinterlassen hatte, Spuren des Alterns, die sie nicht verunstaltet, sondern wiederhergestellt hatten.

Wir unterhielten uns ein wenig, und Haroun stellte mir Fragen, die wohl dafür gedacht waren, Griffin zu beeindrucken. Tatsächlich wäre jeder Zuhörer beeindruckt gewesen, denn seine Art, mich zu befragen, war freundlich und anerkennend. Er wollte mich von meiner besten Seite zeigen, als Kunstlehrer, der an einer Eliteschule im Herzogspalast von Urbino unterrichtet hatte, der sich mit Büchern und Künstlern auskannte und nun allein Sizilien bereiste, sein Skizzenheft immer in Greifweite, ein visuelles Tagebuch: »Er hat erzählt, dass Raffael in Urbino geboren wurde.«

»Das weiß ich doch«, sagte Griffin. Sie reckte immer ein wenig das Kinn, wenn sie sprach, und sah weit hinaus in die Ferne, sie mied grundsätzlich jeden Blickkontakt. »Mir ist Tizian lieber. Ich besitze einen, einen kleinen, so groß ungefähr.« Und ihre schlanken Hände zeigten eine Größe, die beachtlich war. »Aber immerhin, es ist ein Tizian.«

»Und den haben Sie selbst gekauft?«

»Familienbesitz.«

»Und vergessen Sie nicht Ihren Dürer«, sagte Haroun.

»Viel Dürer«, sagte Griffin.

»Was diese Bilder wohl gekostet haben«, sagte ich und bereute meine vulgäre Äußerung, noch bevor ich den Satz beendet hatte.

»Nicht viel«, sagte Griffin zu einem großen Präsentierteller, der die Terrassenwand schmückte. »Nur ein paar Pfennige.«

»Wie ist das möglich?«

»Wir haben sie dem Künstler abgekauft.«

Ich stellte mir Albrecht Dürer vor, der einige angelaufene Kupferpfennige in seinen Lederbeutel steckte und dankbar die Stirnlocke zur Seite strich, während er einem breitbrüstigen, gönnerhaften Vorfahren von Griffin einen ganzen Stapel Radierungen aushändigte.

Wenn sie etwas sagte, wirkte Griffin schroff und desinteressiert, doch ein solcher Satz – *Wir haben sie dem Künstler abgekauft* – war eine Herabsetzung, die sie sichtlich genoss. Fragen stellte sie keine. Eigentlich war sie unmöglich, sie war verwöhnt und egozentrisch und äußerst willensstark, womit sie ganz und gar dem Bild entsprach, das ich von reichen Leuten hatte. Ich fand sie trotzdem nicht unangenehm. Die zarte Haut, der – für diesen sonnigen Ort – ausgesprochen helle Teint, ihre vollen Brüste, das Puppengesicht, die prallen, schmollenden Lippen, das hellblonde gebleichte Haar, all das faszinierte mich, selbst ihre Gleichgültigkeit, wenn sie mir den Rücken zukehrte, empfand ich als Herausforderung.

»Ich habe Hunger«, sagte sie zu Haroun. »Würden Sie den Jungen rufen?«

Sie sprachen, wie ich wusste, normalerweise deutsch miteinander, nur wenn ich dabei war, unterhielten sie sich auf Englisch, eine Rücksichtnahme, über die ich mich wunderte.

Haroun schnippte, der Kellner erschien mit zwei Speisekarten. Griffin vertiefte sich in das Angebot, Haroun öffnete seine Karte, sah aber nicht hinein.

»Haben Sie schon die Olivenhaine gesehen?«, fragte er.

»Nein«, antwortete ich, denn ich spürte, dass er eine Gelegenheit suchte, sie zu beschreiben.

»Sie sind prachtvoll«, sagte er wenig originell. »Wir fahren morgen hinaus, um einen Hain bei Sperlinga zu besichtigen. Kennen Sie Sperlinga? Nein? Vielleicht würde es Ihnen gefallen, uns zu begleiten?«

»Am Morgen oder am Nachmittag?« Es war mir eigentlich egal, ich wollte aber nicht zu handzahm erscheinen.

»Auf jeden Fall am Morgen, die Nachmittage hier sind für die Siesta reserviert«, sagte er.

»Ich komme sehr gern mit.«

»Um acht geht es los.«

»Ich nehme den Fisch«, sagte Griffin, »gegrillt, ohne Sauce, sagen Sie es dem Koch. Dazu einen kleinen Salat ohne Dressing.«

Schwungvoll schloss sie die Speisekarte, womit ich informiert war, dass ich zum Essen nicht eingeladen war. Haroun, der tat, als ginge es ihn nichts an, war trotzdem wieder einmal Herr der Lage. Griffin kümmerte sich nicht, zumindest zeigte sie keinerlei Interesse. Sie sah nicht auf, als ich aufstand und mich verabschiedete. Meine Audienz war vorüber. Ich war gerufen worden, jetzt durfte ich wieder gehen.

Ich machte einen Spaziergang durch die Oberstadt, von der Piazza Vittorio Emanuele über den von Touristencafés und Geschäften gesäumten Corso Umberto Primo.

In einer Gasse entdeckte ich eine Bar, in der einige ältere Sizilianer saßen und rauchten. Sie hörten eine Radioübertragung eines Fußballspiels, die sehr laut war. Die Szene hatte etwas von einem religiösen Ritual, die Männer saßen im Halbkreis, die Anzeige des Radios glühte. Ich setzte mich in ihre Nähe, bestellte eine Flasche Bier und ein Panino. Ich war gekränkt, weil Haroun und Griffin mich nach dem kurzen Gespräch, das immerhin an ihrem Tisch stattgefunden hatte, einfach wieder fortgeschickt hatten. Mein sparsames Abendessen war der sichtbare Beweis für meine Lage, mir blieb nichts übrig, als den Launen dieser reichen Leute zu gehorchen. Na und?, dachte ich schließlich, ich kann ja jederzeit abhauen. Ich gehe hinunter und steige in den Zug nach Osten, wo das Leben billiger ist und nicht weniger vergnüglich. Irgendwo in Palermo verzehrte sich Fabiola nach mir.

Haroun wartete schon, als ich am nächsten Tag um kurz vor acht in die Lobby trat. Griffin saß bereits im Auto. Diese Leute waren überaus pünktlich, ich hatte gedacht, dass mit dem Wohlstand auch eine gewisse Gelassenheit käme. Haroun grüßte mich und wies mir den Beifahrersitz zu. Neben dem Fahrer kam ich mir vor wie ein Hausangestellter, einer von Griffins Bediensteten. Es half nicht, dass auch Haroun eine Art Angestellter war.

Wir fuhren durch Taormina bis in die Unterstadt, bogen rechts auf die Hauptstraße und wieder rechts auf eine schmale Landstraße, die ins Innere der Insel führte.

»Bustano«, sagte Haroun und unterhielt sich mit dem Fahrer in einer Sprache, die ich nicht kannte. Italienisch war es nicht.

Plötzlich brach Haroun in Gelächter aus, der Fahrer hatte offenbar etwas sehr Lustiges gesagt.

»Er sagt, es dauert über eine Stunde«, erklärte Haroun. »Weil das hier eben eine *macchina* ist und kein fliegender Teppich.«

»Was ist denn das für eine Sprache?«

»Arabisch. Er stammt aus Tunesien.«

»Der *Moro* des Palazzo d'Oro.«

»Genau.«

»Und wo haben Sie Arabisch gelernt?«

»Harry weiß alles«, unterbrach Griffin. »Ohne diesen Mann wäre ich verloren.«

»I can speak English. I can write English«, sagte Haroun schelmisch, auf seinen gespannten Wangen bildeten sich Grübchen. *»I can write on a ›piss‹ of paper. I can write on a ›shit‹ of paper.«* Er klopfte sich an die Stirn. *»Ho imparato Italiano in una settimana. Tutto qui in mio culo.«*

»Jetzt wird er albern.«

»Und wo haben Sie Arabisch gelernt?«

»In Bagdad«, sagte er. »Aber zu Hause haben wir selbstverständlich englisch gesprochen.«

»Sie sind also Iraker?«

Meine direkte Art, es zu benennen, schien ihm nicht zu gefallen, er zuckte ein wenig zusammen und sagte abwehrend: »Chaldäisch, sehr alte Konfession. Nestorianer. Erkennt man sogar an meinem Namen. Und mein Volk ...«

»Er ist Deutscher«, unterbrach Griffin und klopfte ihm das Knie wie einem Kind, das es zu beruhigen galt. »Er gehört jetzt zu uns, er ist ein böser Deutscher geworden.«

Irak war damals ein exotisches Land, das gerade seinen König abgesetzt und die gesamte königliche Familie massakriert hatte, und Bagdad war sicher nicht der Trümmerhaufen, der es heute ist, sondern eine reiche, kosmopolitische Stadt, bunt und geschäftig, voller Banken und schöner Menschen.

»Stellen Sie ihm irgendeine Frage.« Griffins Hand ruhte noch immer auf seinem Knie. Sie blickte aus dem Fenster, wir fuhren gerade nahe Randazzo durch ein an der steilen, engen Straße gelegenes Bergdorf, das aus wenigen alten Bauernhäusern bestand. Auf einer bröckelnden Mauer stand in schwarzer verwitterter Schrift ein italienischer, noch gut lesbarer Spruch.

Ich zeigte darauf und fragte: »Was heißt das?«

Sofort begann Haroun zu übersetzen: »Vergesst niemals, dass meine – *genitori*, also Eltern, Bauern und Ackersleute waren. Es steht schon sehr lange dort.«

»Von wem stammt dieser Satz? Warum steht er an dieser Mauer?«

Ich kannte das schon aus einem anderen Dorf, verlegen hatte mir Fabiola einige der alten sizilianischen Sprüche erklärt.

»Der Satz stammt von Mussolini. Das ist noch aus dem Krieg.«

»Sehen Sie?«, sagte Griffin mit dem Stolz einer Mutter und sah sich noch einmal nach der abblätternden Aufschrift und dem uralten, verfallenen Bauernhaus um. Zum ersten Mal zeigte sie ein gewisses Interesse. Plötzlich sah sie mich an und sagte: »Wie hübsch, dass sie diese Worte stehen gelassen haben!«

»*Fascisti*«, sagte Haroun.

»Auch *fascisti* können manchmal sentimental sein«, antwortete Griffin.

»Wie heißt die Hauptstadt von Bali?«, fragte ich Haroun, um schnell das Thema zu wechseln.

»Denpasar«, sagte er und verschränkte die Arme. Sein Lächeln wirkte wie eine Herausforderung.

Nicht zum ersten Mal bemerkte ich, dass Ausländer, die einen vertrauten Ortsnamen aussprechen, den verdrängten Singsang ihrer Muttersprache nicht verbergen können – egal, wie fließend sie die zweite Sprache sprechen.

»Ich bin einmal mit meiner Jacht dort gewesen«, sagte Griffin.

»Mit Ihrer berühmten Jacht«, sagte Haroun.

»Berühmt, wohl wahr.«

»Das war aber eine lange Reise!«, sagte ich.

»Überhaupt nicht. Ich bin nach Singapur geflogen und dort an Bord gegangen. Dann sind wir nach Surabaya gesegelt. Von dort ging es mit dem Auto weiter nach Bali. Ich habe einige Tage bei einem Mitglied der Königsfamilie gewohnt, in seinem Palast. Er heißt Djorkoda Agung – *agung* bedeutet Prinz. Er lebt in Ubud, einer wunderschönen Stadt voller Künstler und Handwerker. Natürlich vollkommen verdreckt. Die Bewohner haben für mich getanzt, und sie haben für mich eine …« Ihr fiel das englische Wort nicht ein, Haroun lieferte beflissen die Übersetzung. »Genau, sie haben eine Einäscherung für mich veranstaltet, mit Tanz und Musik und einem scharfen Gericht, das in Bananenblättern serviert wird. Wie ein großes Fest. Wir sind nach Singapur zurückgesegelt, und ich bin nach Hause geflogen. Eine kurze Reise, aber schön. Die Tänze haben mir gefallen! *Ketjak!* Der Affentanz!«

Seit unserer ersten Begegnung hatte sie noch nie so viel gesprochen. Sie hatte zwar nicht gerade ihr Herz geöffnet, aber etwas war es doch – allerdings war die Geschichte wohl nicht geeignet, weitere Fragen aufzuwerfen. Es war eine seltsame Erzählung gewesen, eine Reisebeschreibung im Telegrammstil. Sie war so reich, dass sie es nicht für nötig hielt, die hübschen Details herauszuarbeiten. Ich hätte sie gern gefragt, was es mit der Einäscherung auf sich hatte – es lag nahe, einen Witz darüber zu machen: Sie haben also Ihnen zu Ehren jemanden umgebracht und verbrannt? Ich wusste aber, dass die Deutschen mit Ironie nicht umgehen können.

»Ich habe keine weiteren Fragen, Haroun«, sagte ich, »Sie wissen tatsächlich alles.«

»Wo sind denn die Oliven?«, fragte Griffin.

Wir fuhren gerade durch eine Siedlung, die sich – laut Ortsschild – *Nicosia* nannte.

»Nicht mehr weit, gleich hinter Sperlinga.« Harouns Beflissenheit hatte etwas Ängstliches, er schien sich vor ihr zu fürchten. Er sagte: »Bustano – das ist eigentlich nicht Italienisch. Es kommt aus dem Arabischen. *Bustan* bedeutet Garten. In Caltanissetta, an einem Hang nicht weit von hier, gibt es einen Ausgrabungsort, er heißt Gibel Gabib.«

»Aber wo sind denn die Oliven?«, fragte Griffin trotzig wie ein Kind.

Die Oliven, so nannte sie den Ort, aber Bustano war kein Dorf, sondern ein vor der hübschen Stadt Sperlinga gelegenes Gut – ein riesiges Landgut, zu dem ein ganzes Tal symmetrisch angelegter Reihen alter Olivenbäume gehörte und – am Ende einer langen Zufahrt – eine prachtvolle Villa, ein Herrensitz beinahe, drei reich verzierte Stockwerke unter einem roten Ziegeldach, dazu Balkone und Terrassen und ein gigantischer Säulenvorbau, unter dem wir parkten.

Ein Herr trat heraus – nicht etwa der untersetzte sizilianische Farmer, den ich erwartet hatte, sondern ein großer, eleganter Mann mit einer Sonnenbrille, der zu seinem zartgelben Pullover eine helle Hose trug. Sein weißes Haar, das über den Ohren ein wenig abstand wie winzige Flügel, betonte seine tiefe Bräune. Er begrüßte uns, und während ich ihn auf Italienisch ansprach – was er mit einem raschen Kompliment zur Kenntnis nahm –, redeten Griffin und Haroun französisch, was er wiederum in fließendem Französisch beantwortete. Ich lächelte freundlich, nickte und trat einen Schritt zurück. Ich konnte zwar das ein oder andere verstehen, doch das Italienische hatte das Französische in meinem Kopf schon beinahe verdrängt. Immerhin verstand ich, was nun abgesprochen wurde. Der italienische Olivenbaron bat uns auf Französisch ins Haus, damit wir uns ein wenig umsehen und ausruhen konnten.

»Ich würde mir nach der langen Fahrt gern die Füße vertreten«, sagte ich auf Italienisch.

»Tun Sie das, gern«, sagte der Mann auf Englisch, was mich verwirrte. »Wir haben einen kleinenEntenteich. Und viele Blumen für Sie. *Bellina.*«

Haroun begleitete mich. An einem Lilienteich pflückte Haroun eine Blüte und sog den Duft ein.

»Er hat recht«, sagte ich, »*bellina.*«

Haroun zuckte die Schultern. »Die Blumen, ja. Aber

die Bäume. Die *frantoio*. Vorratskammern und Keller.« Er verzog das Gesicht, und das bedeutete: *Ich bin nicht beeindruckt*. »Die Qualität ist nicht besonders. Toscano ist besser. Aber seine Villa ist hübsch – und sehr komfortabel. Griffin will sie haben. Sie mag dieses Geschäft.« Er tat, als würde er eine Flasche entkorken und ausschenken. »›Dies ist mein Olivenöl. Es kommt von meinen Feldern. Ich lasse es pressen. Du wirst es essen‹ – sie ist eine Romantikerin, verstehen Sie?«

Er hatte eine Art, jede Kritik in ein Kompliment zu verwandeln, wenn er über Griffin sprach. Ich bewunderte ihn für seine Loyalität.

Ich zupfte die Blätter von einer Blüte und sprach – da ich die Rede eingeübt hatte – in gestelztem Ton: »Es ist sehr hübsch hier, ausgesprochen angenehm. Und Sie sind sehr freundlich zu mir gewesen. Nur spüre ich – bitte vergeben Sie mir, wenn ich falschliege –, dass Sie etwas von mir erwarten, dass Sie einen bestimmten Plan verfolgen. Ich soll einen Zweck für Sie erfüllen. Bitte sagen Sie mir, was Sie erwarten.«

Zum Glück waren wir draußen und allein. Im Palazzo, in Taormina, wo er mich zu seinem Gast gemacht hatte, hätte ich unmöglich so sprechen können. Hier, zwischen all den Olivenbäumen, fasste ich das nötige Selbstvertrauen.

Haroun blickte mich nicht an. »Sehen Sie dort, wie sie die Wurzeln freilegen und aufkratzen, um den Bäumen Nahrung zu geben. Einige dieser Bäume sind Hunderte von Jahren alt. Vielleicht gab es sie schon, als die Normannen hier waren.« Er ging vor mir her, sah sich nach der Villa um, in der Griffin mit dem eleganten Olivenherrn verschwunden war.

»Was ist es denn nun?«, fragte ich.

»Sie sind sehr intelligent«, sagte er. »Das gefällt mir. Schnelle Auffassungsgabe. Und manchmal auch sehr direkt, würde ich sagen.«

Ich bemerkte zweierlei. Erstens, dass er mir nicht sagte, was er wirklich fühlte – dass ihn nämlich meine Intelligenz beunruhigte. Zweitens wusste ich schon damals, dass solche Komplimente immer darauf hinauslaufen, um einen Gefallen gebeten zu werden.

Genau das sagte ich ihm auch. Ich hatte nämlich keine Lust, gleich nachzugeben, ich wollte sehen, wie weit ich gehen konnte.

»Da Sie mein Gast sind, wäre es angebracht, wenn Sie etwas höflicher zu mir wären«, sagte er und lächelte säuerlich.

Ich hatte also richtiggelegen, seine Antwort war eine Rüge. Ja, ich nahm seine Gastfreundschaft in Anspruch, und ich hätte mich wohl fügen sollen. Doch ich widersetzte mich, die Freiheit zu sagen, was ich wollte, ließ ich mir nicht nehmen.

»Was halten Sie eigentlich von der Griffin?«, fragte er.

»Ich weiß nichts von ihr.«

»Genau. Sie haben recht«, sagte er. »Sie ist sehr geheimnisvoll. Deshalb liebe ich sie so sehr.« Er kam etwas näher. Bisher war mir an Haroun wenig mehr als die Hakennase aufgefallen, die allerdings so groß und ausdrucksstark war, dass sie jedes weitere Kennzeichen überflüssig machte. »Aber was fühlen Sie denn, wenn Sie die Griffin sehen?«

Was wollte dieser Mann von mir? Ich sagte: »Sie macht mich neugierig. Sie ist bestimmt sehr nett.«

»Sie ist wundervoll«, sagte er – eine weitere Rüge. »Sie hat alles, was man haben kann. Aber würden Sie mir glauben, wenn ich Ihnen sagte, dass sie einsam ist?«

»Ja, das glaube ich Ihnen.«

»Weil Sie sehr klug sind. Weil Sie diese Beobachtungsgabe haben.«

»Aber Sie sind doch ihr Freund. Wie kann sie denn da einsam sein?«

»Das ist ja das Geheimnisvolle«, antwortete Haroun. »Ja, ich bin ihr Freund. Aber ich bin auch ihr Arzt. Ich habe in Bagdad und Beirut studiert und bin dann nach Deutschland gegangen. In Freiburg habe ich die Facharztausbildung gemacht. Und da bin ich auch geblieben, bis sie meine Patientin wurde.«

Wir schlenderten durch die Reihen eines Olivenhains. Überall waren Männer, die Bäume beschnitten, Äste stutzten, mit Leitern und Eimern hantierten.

»Es ist nichts dagegen einzuwenden, wenn ein Arzt einen freundschaftlichen Umgang mit einer Patientin pflegt. Natürlich darf es niemals zu mehr kommen«, sagte er. »Ich begleite sie also auf ihren Reisen und kümmere mich um sie. Das ist alles.«

»Das tut mir leid«, sagte ich und wartete auf weitere Enthüllungen.

»Aber, sehen Sie, selbst wenn ich nicht ihr Arzt

wäre, wäre ich nicht in der Lage, ihr zu helfen«, sagte er. »Ich habe nämlich eine andere Neigung.« Sein Blick fiel auf den freien Oberkörper eines kräftigen jungen Mannes, der ein Stutzmesser in der Hand hielt. Wir gingen weiter, und Haroun drehte sich noch einmal nach ihm um. Es war, als würden seine Augen sprechen, und der Mann schien mit einem leicht erhitzten, zart erregten Blick zu antworten.

»Das tut mir leid.«

»Gott hat mich so gemacht.«

»Ich glaube, Sie möchten, dass ich ihr Freund werde.«

»Vielleicht auch mehr.«

»So, so.«

Auch er sprach, als hätte er seine Worte auswendig gelernt, als er sagte: »Ich wünsche, dass Sie um sie werben.«

Der Ausdruck ließ mich lächeln.

»Finden Sie sie attraktiv?«

Ja, das musste ich zugeben. Sie war, auf ihre zerbrechliche, altmodische Art, sehr hübsch. Sie war elegant, manchmal herrisch. Ja, sie war wohl um einiges älter als ich – schwer zu schätzen, vielleicht fünfunddreißig. Ich war erst einundzwanzig. Doch seltsamerweise nahm mich das Alter nicht gegen sie ein, ganz im Gegenteil, ich fand sie attraktiv, weil es so ungewöhnlich war. Ich hatte es noch nie mit einer solchen Frau zu tun gehabt – überhaupt mit einer Frau. Ich hatte bisher nur mit Mädchen geschlafen, mit blutjungen, bettelnden Mädchen wie Fabiola, die nichts als Heiraten im Kopf hatten. Was wollte eine richtige Frau? Um Ehe ging es wohl nicht. Vielleicht wünschte sich eine erfahrene Frau wie Griffin alles, nur nicht die Ehe, vielleicht ging es um wilde Ausschweifungen, nach denen ich große Sehnsucht hatte.

»Sie interessiert sich aber nicht für mich.«

»Weil sie nichts über Sie weiß«, sagte Haroun. Ich ärgerte mich, weil er mir nicht widersprochen hatte.

Wir gingen eine Weile schweigend, Haroun schlug den Weg zu einer weiteren Gruppe junger Männer ein, die in den dicken, knorrigen Bäumen arbeiteten.

»Eine Frage noch«, sagte er. »Gefällt Ihnen eigentlich Taormina?«

»Oh ja«, antwortete ich auffällig schnell, womit deutlich wurde, dass ich bei der ersten Frage – ob ich sie attraktiv fände – doch ein wenig zu lange gezögert hatte. Haroun lachte, belustigt über meine eifrige Begeisterung für den Ort.

»Was gefällt Ihnen denn an Taormina?«

»Diese Stadt hat eine ununterbrochene zweitausendjährige Geschichte, und sie ist immer von großer Schönheit gewesen. Menschen, mächtige und berühmte, sind hergekommen, um diese Schönheit zu bewundern. Ich möchte einer von diesen Menschen sein.«

»Sie haben mich gefragt, was ich von Ihnen erwarte«, sagte Haroun. »Ich möchte, dass es Ihnen in Taormina an nichts fehlt. Ich möchte, dass meine Freundin zufrieden ist. Ich glaube, dass Sie gemeinsam Erfüllung finden können.«

Unverblümter hätte er es kaum sagen können, er betrieb eindeutig Kuppelei. Was mich allerdings kaum schockierte, ganz im Gegenteil, es gefiel mir gut, und ich fühlte mich sogar geehrt. Es gefiel mir auch, dass er anfangs so diskret gewesen war, als er mir das Zimmer im Palazzo d'Oro angeboten hatte. Und es gefiel mir, dass er mir nun dieses Angebot machte. Er hatte eine konkrete Aufgabe und bat mich um Hilfe, es war wie in einem Märchen. Sein seltsamer Wunsch gab mir ein wenig Macht.

»Sie werden mein Gast sein«, sagte er und meinte, dass er meine Hotelrechnung bezahlen würde, solange ich mit Griffin romantisch verbunden war.

»Und auch Gast der Griffin.«

»Was für ein seltsamer Name«, sagte ich.

Er horchte auf und lächelte, als wäre ihm gerade bewusst geworden, dass ich nicht so schlau war, wie er anfangs gedacht hatte.

»Es ist nicht ihr Name. Sie heißt Sabine, aber so würde ich sie niemals nennen.«

»Und warum nicht?«

Er sah mich verwundert an, nahm Haltung an und sagte: »Weil sie eine Gräfin ist. Das ist ihr Titel. Sie würden auf Englisch wohl Countess sagen.«

»Stammt sie denn aus einer adeligen Familie?«

»Ihr Mann. Der Graf.«

Ich stutzte, doch bevor ich noch etwas sagen konnte, war draußen das Trippeln des Dieners zu hören, der uns ins Haus zurück bat.

»Wenn Sie ablehnen, müssen Sie uns morgen verlassen«, sagte Haroun beinahe geschäftsmäßig, als hätte er gerade einen schwierigen Vertrag unter Dach und Fach gebracht. Dann wandte er sich dem Haus zu, wo der Olivenherr mit der Gräfin auf uns wartete.

3

Es war ein milder, klarer Morgen, der Beginn eines weiteren Tages unter dem weiten Himmel Siziliens, in seiner goldenen Hitze. Ich liebte alles, was ich sah und was ich roch – den piksenden Duft der Piniennadeln, den Geruch heißer Backsteine, den Hauch des Salzwassers, der vom blauen Meer heraufzog, die kühlende Brise auf meinem schattigen Balkon, die frisch gewaschene Kleidung, die neuen Espandrillos, die ich in der Stadt gekauft hatte, das Frühstück, Obst und Kaffee, die Chaiselongue, auf der ich meine Beine ausstrecken konnte. Ich las *Il Gattopardo – Der Leopard*, einen gerade erst erschienenen Roman, dessen Autor ein sizilianischer Fürst war. Fabiola hatte ihn mir geschenkt, um mein Italienisch weiter zu fördern. Ich kam nur langsam voran, und wenn ich das Wörterbuch zurate ziehen musste, so tat ich es beinahe heimlich, als wollte ich mir selbst nicht eingestehen, dass ich Hilfe benötigte. Ich spielte mit dem Gedanken, die Villa aus dem Roman zu besuchen, Donnafugata, ein weiterer prächtiger Name, den ich nicht unerwähnt lassen kann. Donnafugata liegt in der Provinz Agrigento, in einem Dorf namens Santa Margherita di Belice. Ich trug mich mit dem Gedanken, einige Skizzen anzufertigen und alle Örtlichkeiten des Romans zu zeichnen, ich überlegte sogar, ein eigenes Skizzenheft anzulegen, dem ich den Titel »Donnafugata« geben würde. Die gesamte dramatische Topographie des Romans würde darin Platz finden. In diesem Augenblick auf meinem Balkon hoch über Taormina, der voller Erwartung war, im Duft dieses sizilianischen Morgens, liebte ich mein Leben.

Nach dem Frühstück ging ich hinunter, ich wusste, dass ich die beiden auf der Terrasse antreffen würde.

»Guten Morgen«, sagte Haroun.

»Hallo«, sagte ich so freundlich, wie ich konnte, wobei ich den Versuch machte, einen Blick auf das Gesicht der Gräfin zu erhaschen, das natürlich abgewandt war. Sie sah gelangweilt auf ihre Handschuhe und richtete jeden einzelnen Spitzenfinger.

»Sie hatten erwähnt, dass Sie Taormina vielleicht verlassen würden«, sagte Haroun.

»Ich habe es mir anders überlegt. Ich glaube, ich werde noch eine Weile bleiben.«

Haroun lächelte, atmete erleichtert aus und richtete den Blick in die Ferne. Die Gräfin, neugierig geworden, sah mich mit großen blauen Augen an, mit einem Ausdruck, als wüsste sie kaum, wer ich war.

»Contessa«, sagte ich.

Sie zuckte die Schultern und wandte sich wieder ihrem fächerartig gespreizten Handschuh zu, und während sie in dieser Weise beschäftigt war, stellte ich mir vor, wie ich sie küssen würde, wie ich ihren Kopf nehmen und genüsslich an ihren Lippen saugen würde, bis meine Hände unter ihr Kleid schlüpften, um streichelnd ihren Körper zu erkunden.

Ja, ich wollte bleiben. Es genügte der Gedanke an meine angebliche Mittellosigkeit, um mich vor mir selbst zu rechtfertigen. Ich bin nicht skrupellos, sondern hungrig, dachte ich und erlag der Verführung meiner eigenen Lüge.

Haroun hatte mir zu verstehen gegeben, dass die Gräfin einsam, verzweifelt einsam war. Was ich nun – trotz der Offenbarung auf dem Balkon – spürte, war, dass ich selbst der Einsame war, verzweifelter vielleicht, als sie es jemals sein konnte.

Wollte ich erfolgreich sein, musste ich mir nur einreden, dass ich sie wirklich begehrte. Ich musste sie dazu bringen, mich zu begehren. Ich begehrte sie tatsächlich, ich sah aber auch, dass sie kein besonderes Interesse an mir hatte. Sie war eitel, schien oberflächlich – selbst ihre beiläufigsten Bemerkungen wirkten überheblich. Aber nun verstand ich zumindest, warum sie so unnahbar war – sie war nicht nur reich, sie war eine echte Aristokratin.

Griffin, die Gräfin, hatte sogar einen richtigen Vornamen, den ich aber, da ich sie kaum kannte, ihr gegenüber nicht verwenden durfte. Ich war nicht einmal sicher, ob es nötig war, ihren formalen Titel zu nennen, wenn ich sie ansprach, wodurch eine kaum zu überwindende Distanz entstanden wäre. Denn es war mir unmöglich, ihren Titel ohne Unterwürfigkeit zu verwenden, jeder Versuch kam einer Selbsterniedrigung gleich.

Einsam? Wohl eher nicht, und ich hatte kaum den Eindruck, dass sie mich brauchte.

Es gibt eine Form des Wohlstands, der die Menschen unruhig, unduldsam und prahlerisch macht – vor allem in Amerika. Die Gräfin aber war Europäerin. Ihr Wohlstand hatte sie passiv gemacht, voreingenommen und rätselhaft. Sie war verwöhnt und gab das Geld mit vollen Händen aus, sie war – nun, da ich um ihren Stand wusste – wie eine Königin. Sie schien in ihrer langsamen, feingliedrigen, beinahe zerbrechlichen Art einer anderen Sphäre zu entstammen.

Ich kämpfte darum, von ihr beachtet zu werden. An dem Morgen, als ich zu Harouns Freude ankündigte, in Taormina zu bleiben, begann er gleich Pläne zu schmieden, um mir Zugang zur Gräfin zu verschaffen. Seine Tricks waren durchschaubar, doch die Gräfin war derart gelangweilt und unachtsam, dass sie nichts zu ahnen schien. Zunächst wurde Haroun von einem Magenübel befallen, am späteren Vormittag verkündete er in feierlichem, selbstironischem Ton seine Lage.

»Afrika übt Rache an meinen Eingeweiden.«

»Was reden Sie denn da?«, sagte die Gräfin scharf, kümmerte sich aber nicht weiter um Harouns Erklärung.

Sehr reiche europäische Adelige kann man daran erkennen, dass sie alles wörtlich nehmen, dachte ich, denn reich wurde man wohl nicht, indem man gewitzt war, poetisch oder eloquent wie Haroun. Er stand ganz im Dienst der Gräfin, er war ihr Schoßhund und Lakai, zwei Rollen, die auch ich gerade einübte.

»Afrika?«, fragte ich.

»*Africa comincia a Napoli*«, sagte er.

»Was für eine Rache?«, fragte die Gräfin.

»Die Westgoten waren hier, wie du weißt, und sie haben alles dem Erdboden gleichgemacht, sie haben vergewaltigt, geplündert und gebrandschatzt. Für diese Untaten muss ich nun büßen«, erklärte er mir.

»Aber wie kann das sein? Sie sind doch Araber.«

Haroun zeigte sein Gebiss – ein angestrengtes Lächeln und Ausdruck seines Schmerzes –, doch er antwortete galant: »Kein Araber, meine Liebe, sondern ein Christ. Chaldäisch. Aus Bagdad. Wir haben zu Hause englisch gesprochen. Mein Vater war ein erfolgreicher Kaufmann. Er hatte mächtige Freunde.«

»Sie sind aber nicht weiß. Sind sind *semitisch*. Sie sprechen Arabisch.«

»Meine liebe Gräfin, sind Sie denn eine Engländerin, nur weil Sie Englisch sprechen?«

Sie wandte sich an mich: »Es ermüdet mich, er will sich immer streiten. Aber weil er mein Arzt ist, muss ich auf ihn hören.«

»Ein Hexenmeister bin ich«, sagte Haroun.

»Idiot!«, rief die Gräfin, sie konnte diese Art des Spotts nicht leiden.

Haroun sagte traurig: »Es geht mir nicht gut.«

Die Gräfin sah ihn fragend an, wie eine Standuhr, die die falsche Zeit anzeigte.

»Und was soll ich dann machen?«, fragte sie und rang ungeduldig ihre behandschuhten Hände. »So etwas darf einfach nicht passieren.«

»Ich werde etwas dagegen nehmen.«

»Sie wollen mir also sagen, dass Sie krank sind?« Die Gräfin war empört. »Ein Arzt kann doch nicht krank werden!«

Haroun tippte durch das Hemd hindurch auf seinen Bauch und sagte: »Es wird mir schon bald wieder besser gehen.«

»Wie wäre es mit heute?«

Sie wollte ihn nicht gehen lassen. Ich wurde Zeuge eines Streits – zwischen einem unwirschen Vater und einer verzogenen Tochter. Ihr seltsames Verhalten stieß mich nicht ab und schüchterte mich nicht ein, und es minderte nicht mein Begehren. Ich wäre vorsichtiger gewesen, wenn sie besonders intelligent und subtil gewesen wäre, doch mit der diabolischen Mädchenhaftigkeit, die sie gerade an den Tag legte, würde ich schon zurechtkommen. Die trotzige Überheblichkeit, die sie ausstrahlte, wirkte auf mich wie ein Köder, sie war der Geist, der mich nicht losließ. Schon sah ich die Gräfin auf einem Hengst sitzen, sie galoppierte durch goldene, seitlich einfallende Lichtbündel, sie peitschte die gewaltige, aufgebrachte Bestie mit ihrer Gerte und stieß ihr in die schweißnasse Flanke.

»Ich muss jetzt auf mein Zimmer gehen«, sagte Haroun.

»Sie können mich doch jetzt nicht allein lassen.«

»Gräfin, Sie sind nicht allein.«

Die Gräfin weigerte sich, meine Anwesenheit anzuerkennen, obwohl sie mir zuliebe ihr merkwürdig gestelztes Englisch sprach.

»Wären Sie so freundlich?«, sagte Haroun zu mir. »Die Gräfin benötigt ein paar Dinge aus der Stadt, aus einem Geschäft in der Nähe des Bahnhofs.«

»Mazzarò?«

»Ja, da unten.«

»Und was für Dinge?«

Die Gräfin verzog den Mund, sie schien die Frage für unangemessen und ärgerlich zu halten. Als trotziges Gör, das sie gerade spielte, weigerte sie sich, die Dinge zu benennen, was den Auftrag nicht gerade einfacher machte.

»Kosmetik, Zeitschriften, etwas Schokolade, eine Flasche Fruchtsaft.«

»Vielleicht könnte das Hotel jemanden schicken?«

»Sehen Sie?«, sagte die Gräfin. »Er will uns nicht helfen.«

»Doch, ich möchte sehr gern helfen«, sagte ich.

»Die Laufburschen dieses Hotels sind nämlich sehr unachtsam. Sie halten die Schokolade in ihren heißen Händchen, bis sie schmilzt. Wie kann man sie da noch essen?«

Wie immer ich es anstellte, die Schokolade der Contessa durfte keinesfalls geschmolzen sein.

»Und? Werden Sie uns helfen?«, fragte Haroun.

»Selbstverständlich«, sagte ich, »ich mache mich gleich auf den Weg. Ich bräuchte allerdings eine Liste. Welcher Saft soll es zum Beispiel sein?«

Haroun zog einen Rezeptblock aus der Tasche und fertigte eine Einkaufsliste an, während die Gräfin, die in Gedanken offenbar woanders war – nur wo? – ins Leere starrte. Was ging nur in dieser Frau vor? Sie schien überhaupt nicht unserer Gattung anzugehören, wir hatten, soweit ich übersehen konnte, nicht eine einzige Gemeinsamkeit. Paradoxerweise war es gerade dieser Eindruck der Andersartigkeit, der mein Begehren – das ich in dieser Weise noch nie für eine Frau gespürt hatte – befeuerte. Ich wollte sie unbedingt dominieren, auch wenn mir der Begriff für meine Sehnsucht fehlte. Unsere unterschiedliche Herkunft konnte nur von Vorteil für mich sein. Tatsächlich wusste ich nichts über den Adel, ich verstand aber gleich, dass sie mit meiner Herkunft ebenso wenig anfangen konnte. Und ich ahnte, dass sie durch ihren Reichtum willfährig und arglos geworden war. Es war Haroun, der sich um alles kümmerte, nur nicht um diesen Einkauf, den er gerade auf mich abwälzte.

Der Einkaufszettel bezeichnete alles sehr genau, die Wünsche erinnerten an die rituellen Handlungen junger Mädchen: Mascara, die *Bild*-Zeitung von heute, eine große Packung Toblerone (»ohne Nüsse«) und drei Fläschchen Orangina. Sie war nämlich überzeugt, dass das Orangina im Palazzo verdünnt war, überhaupt hielt sie jeden Italiener für einen Tollpatsch und Betrüger. Taormina gefiel ihr, sagte sie einmal, weil die Italiener nichts damit anfangen konnten.

Haroun drückte mir eine Einkaufstasche in die Hand und erklärte mir den Fußweg in die Unterstadt, nach Mazzarò an die Promenade – zwanzig Minuten hinunter und vierzig herauf. Er drückte mir einen Stapel druckfrischer Zehntausend-Lire-Scheine in die Hand und sagte: »Das müsste genügen.« Die Gräfin wandte sich ab, wie immer, wenn jemand ein Portemonnaie zückte oder eine Rechnung bezahlte.

Ich genoss den Spaziergang. Ich war ein freier Mann, neben der Welt, in der ich mehr oder weniger wie ein Schoßhündchen gehalten wurde, existierte diese andere Welt, die Vor- und Nachteile hatte wie meine eigene. An meiner Leine zerrten Herr und Herrin, aber ich war gut genährt und hatte ein hübsches Dach über dem Kopf.

Tatsächlich war es eine reine Freude, über die Via Pirandello zu Mazzarò zu gehen, das Geschäft lag unterhalb der Klippen gleich am Meer, in einer winzigen, beinahe dörflichen Fischersiedlung. Ich trank einen Espresso im Café, sprach ein paar freundliche Worte mit dem Besitzer, erhaschte den Blick eines hübschen Mädchens, das die Tische abwischte, und machte mich an die Einkäufe für die Gräfin. Die Aufgabe war so einfach, dass sie beinahe überflüssig schien – war es eine Art Prüfung? Wie auch immer, das Wetter war perfekt an diesem späten Augusttag, das Leben, das ich nun führte, entsprach in etwa den Vorstellungen, die ich aus italienischen Filmen gewonnen hatte.

In jedem dieser schwarz-weißen, neorealistischen Filme gab es einen klugen und mittellosen Einzelgänger – den Tramper, den Herumtreiber, die Zufallsbekanntschaft, den Partygast, den niemand kannte –, der irgendwo an der Mittelmeerküste auf gelangweilte reiche Leute stieß, die ihn möglicherweise, nur möglicherweise adoptieren wollten. Was auf den ersten Blick willkürlich und bedeutungslos wirkte, war voller Spannung und Komplexität, jede einzelne Wendung des Plots hatte seinen Platz in einem größeren Gefüge, das erst allmählich sichtbar wurde und den Erwartungen eines Amerikaners nicht entsprach. Es war durch und durch europäisch: ausschweifend, stark strukturiert, zweifellos bösartig, mit schockierenden Handlungssprüngen. Die Filme von Fellini, Antonioni, De Sica, Rossellini spielten ausnahmslos an heißen Tagen, die in lange Abende übergingen, Fremde tauchten auf, man flüsterte und übertrieb, man setzte alles auf eine Karte, und es blieb aufreizend vage. Schon damals war ich überzeugt, dass jene Jahre durch zufällige Begegnungen geprägt waren. Der Tramper stieg in den Wagen eines reichen, zynischen und abgelebten Paars, ein Augenblick, der sein Leben für immer veränderte.

Seit meiner Ankunft in Italien hatte ich mich auf eine solche Begegnung vorbereitet. Und hier hatte ich nun endlich eine Rolle bekommen, plötzlich konnte ich sie leben. Ich sagte mir: So ist das Leben manchmal – man hat eine solch genaue Vorstellung, dass man in dem Moment, in dem sich die Gelegenheit bietet, genau weiß, was zu tun ist, man führt einfach die Bewegungen aus, die man so lange im Kopf einstudiert hat.

Haroun hatte mir mehr Geld gegeben, als ich für die Einkäufe benötigte. Den Rest behielt ich einfach, ich ging davon aus, dass es so gedacht war. Das Geld in meiner Tasche gab mir Sicherheit, ich hatte ein sehr hübsches Zimmer, ich aß auf Harouns Rechnung und hatte den Auftrag, die Gräfin zu meiner Liebhaberin zu machen – was ich für den leichtesten Teil des Arrangements hielt.

Ich erledigte an diesem ersten Morgen die Einkäufe in Mazzarò, sah mir am Bahnhof die ein- und ausfahrenden Züge an (und die Unschuldsblicke der deutschen, mit Rucksäcken bepackten Mädchen, die ihnen entstiegen), unterhielt mich mit einigen Fischern, die gerade mit ihrem Fang zurückgekehrt waren, rauchte einige meiner Stop-Zigaretten und skizzierte auf dem kleinen Block, den ich immer in der Tasche trug, salzweiße Häuserfassaden, Schwalben im Sturzflug, den Schatten des Kirchturms, schlank wie ein Uhrzeiger, Odysseus' und Circes' blaues Meer, und ich dachte: Die Figur ist die Handlung, und der Vorfall ist die Bedeutung. Mein Italien ist ein erotisches Gemälde … und ich hatte dieses Gemälde bereits vor Augen, detailreich und vielsagend wie ein Whistler, es hatte einen goldenen Rahmen und könnte *Das Goldene Zeitalter* heißen oder *Der Fremde im Palazzo d'Oro*. Ein brüllend heißer Tag auf einer barocken Terrasse, ein Mann weist einen virilen Jungen in Richtung des offenen Wohnzimmers, wo eine ältere Frau, goldblond wie eine Märchenprinzessin und leicht bekleidet mit einem weißen Nachthemd (das auch ein elegantes Abendkleid sein könnte), sich selbst und den nahenden Jüngling in einem Spiegel betrachtet.

Rundum zufrieden stieg ich nach Taormina zum Palazzo auf, tatsächlich war ich noch nie so glücklich gewesen. Damals war schon das Gefühl, ein Mann zu sein, das reine Glück.

Die Gräfin saß an ihrem üblichen Platz auf der Terrassee und sah aufs Meer hinaus. Mit ihrer großen Sonnenbrille wirkte sie geheimnisvoll und unergründlich. Sie hörte, dass ich die Einkaufstasche an ihrem Stuhl abstellte, und sagte, ohne mich eines Blickes zu würdigen:

»Sie sind zu spät.«

Wegen der glupschigen Sonnenbrille wirkte ihr Ton irgendwie insektenhaft. Ich grinste hinter ihrem Rücken und nuschelte etwas, das sie entgegen der eigentlichen Intention als Entschuldigung akzeptieren konnte. Da entdeckte ich, dass sie mich die ganze Zeit im Spiegel beobachtet hatte, nicht anders, als ich es mir gerade für mein großes Gemälde vorgestellt hatte.

Als sie sich umwandte, verrutschte der weite Ausschnitt ihres leichten Kleids und gab eine hübsche Brust frei, deren Umriss etwas von einer Hündchenschnauze hatte, und eine tiefbraune elastische Brustwarze. Sie bedeckte sie beinahe zärtlich mit dem schwarzen Spitzenhandschuh, bemühte sich aber nicht, das Kleid zu richten. Aus der Berührung, aus ihrer Geste sprach so etwas wie Bewunderung. Sie sah zwar ihre Brust nicht an, bemerkte aber meinen erregten Blick.

»Ich nehme eine Orangina.«

Ich zog ein bauchiges Fläschchen aus der Tasche, legte es in die hohle Hand und reichte es ihr.

»Wie kann ich es denn trinken, wenn es nicht geöffnet ist?«

Ich schwieg. Der Anblick der prallen, zarten Form in ihrer schwarz behandschuhten Handfläche, der Brustwarze unter dem Schleier des Spitzenstoffs hatten mir die Sprache verschlagen. Da sie eine dunkle Sonnenbrille trug, konnte ich ihren Gesichtsausdruck nicht deuten, nur der Spott war nicht zu übersehen.

Ein Kellner musste gefunden werden, ein Flaschenöffner, ein Glas, eine Serviette, erst dann durfte ich die Einkäufe präsentieren. Ihre Brust war wieder unter dem Kleid verschwunden. Mürrisch erinnerte sie daran, dass zum Glas eine Untertasse gehöre. Sie nahm das Glas, ohne mir zu danken, und ich verstand, dass Haroun – nicht ich – verhöhnt wurde. Einen Augenblick lang tat er mich sogar leid.

»Zeigen Sie mir mal die Schokolade.«

Ich hatte besonders darauf geachtet, die Schokolade nicht dem direkten Sonnenlicht auszusetzen. Sie zog ein Stück Folie ab, tastete prüfend und grunzte zufrieden. Dann blätterte sie ein wenig in der Zeitung.

»Nur schlechte Nachrichten«, sagte sie genüsslich und begann zu lesen. Ich stellte mich vor sie und suchte hinter der dunklen Brille ihren Blick.

»Dann lassen Sie mich wissen, falls ich noch irgendetwas für Sie tun kann«, sagte ich.

Sie begann in ihrer Handtasche zu kramen, das Bastgewebe quietschte und knarrte, bis sie einen

Haufen übergroßer deutscher Geldscheine hervorzog, die sie mir reichte, ohne sie zu zählen. Sie zerknitterte das Geld, das an aufwendig verzierte Kriegsanleihen erinnerte, wie sie kurz zuvor das Tobleronepapier zerknittert hatte. Ich nahm es, worauf der schwarze Handschuh wieder seinen Platz an ihrem Kleid, in ihrem Ausschnitt einnahm. Sie strich sich langsam über die Kehle und hörte erst auf, als sie die Erhebung ihrer Brüste erreicht hatte, eine narzisstische, autoerotische Geste, die matt wirkte.

Ich steckte das Geld ein und sagte: »Haben Sie noch einen Wunsch?«

»Ja«, sagte sie – ich war gewappnet. Doch dann: »Sagen Sie Harry gute Besserung.«

Ich blieb in meinem Zimmer, schwärzte eine Seite in meinem Skizzenheft. Mehr als kritzeln war nicht möglich, ich konnte weder schreiben noch ein Buch lesen, weil ich jederzeit mit einer Unterbrechung rechnen musste. Sie ließ mich aber an diesem Tag nicht mehr rufen. Ich ging ein wenig spazieren und schwamm einige Bahnen im Pool. Dann zog ich das Geld aus der Tasche und zählte es, deutsche und italienische Scheine. Es waren etwa vierzig Dollar im Ganzen, was mir sehr viel erschien für die Bemühungen dieses ersten Tages.

Bei Sonnenuntergang sah ich sie wieder. Sie trug ein langes, seidiges Häkelkleid, das ich noch genauer kennenlernen sollte. Es war weiß und reichte beinahe bis zu den Fesseln, und es hätte, da es so lang war und den ganzen Körper bedeckte, recht züchtig ausgesehen, wenn nicht das lockere Gewebe den Blick auf ihre weiße, nicht weniger seidige Haut freigegeben hätte. Als sie auf der Terrasse in ihrer kaum verschleierten Nacktheit auf mich zukam, schluckte ich und umklammerte meine Knie wie ein dummer Junge. In diesem Moment ging hinter ihr die Sonne unter.

Sie setzte sich zu mir und sagte: »Ich nehme Champagner. Eine halbe Flasche von dem Mercier.«

Ich stand nun offenbar in ihren Diensten. Ich gab die Bestellung an den Kellner weiter und sah ihr beim Trinken zu. Da sie mir nichts anbot, bestellte ich ein Glas Wein. Sie aß ein Stück Schokolade und erklärte, weiter nicht hungrig zu sein. Dann sagte sie etwas Misslauniges über Haroun und stand auf.

»Gehen Sie heute Abend aus?«

»Nein, *ich muss pinkeln*«, antwortete sie auf Deutsch.

Später, im Flur des Hotels, hörte ich von ihrem Zimmer her Gelächter. Nein, sie weinte. Nein, vielleicht lachte sie doch. Lieber Himmel, ich hatte keine Ahnung. So endete mein erster Tag als Freier.

Die folgenden drei Tage verliefen haargenau gleich – ich erledigte die gleichen Einkäufe, ich wartete und wurde missachtet. Und obwohl sie mir die gleichen Blicke auf ihren Körper gewährte, war ich überzeugt, dass sie nicht mit mir flirtete. Es war ihr einfach egal, wie ich sie sah. Diese Sprödigkeit erregte mich noch mehr, denn sie machte mich zum Voyeur, ich war es, der sich schämte.

»Mir ist so heiß«, sagte sie eines Nachmittags und zog ihr Kleid bis über die Knie hoch. So saß sie da – mit nackten Beinen vor der mit Weinranken und allerlei duftenden Blüten überwucherten Mauer. Mir stockte der Atem, als ich ihren Schlüpfer sah, der hauchdünn und schwarz war wie die Handschuhe.

Ich empfand es als ausgesprochen erotisch, dass sie Handschuhe trug; immer wieder sah ich vor mir, wie sie sich damit über die entblößte Brust strich. Ob sie auch wusste, dass es mich erregte, wenn sie ihre Lippen befeuchtete und in großen Schlucken trank? Dass ich fasziniert war, wenn sie schluckte, wenn Kehle und Halsmuskeln schlangenartig zuckten.

Ich erledigte die Einkäufe, kehrte zur Gräfin zurück, blieb in ihrer Nähe und fragte: »Kann ich sonst noch etwas für Sie tun?« Eine Frage, die sie störte. Ich ließ nicht ab, ihren Körper zu betrachten, die zarte Haut ihrer Wangen; den hübschen Mund, der winzige Fältchen bildete, wenn sie beim Zeitunglesen die Lippen spitzte; die scharf geschnittene Nase, die dunklen Nasenlöcher; ihr dichtes, unnatürlich blondes Haar; die schlanken, beinahe dürren Beine; die knochigen Füße, die in sizilianischen Sandalen steckten. In meiner Vorstellung geschah etwas, das wie ein visuelles Vorspiel war – ich leckte ihren Körper, biss und küsste sie und fasste ihre Brüste, die perfekt in meine Handflächen passten. Ich sog daran und biss zärtlich die geschwollenen Nippel. Ich saß da und stellte mir vor, wie ich meinen Schwanz herausziehen und ihren Kopf fassen würde, um meine Erektion an ihr Gesicht zu pressen und, von meiner

Hand geführt, zwischen die sich öffnenden Lippen zu schieben. Natürlich geschah nichts dergleichen. Ich saß da und sah sie an und war höflicher, als ihr offenbar lieb war. Als ihr einmal die Zeitung vom Schoß rutschte und ich, bei dem Versuch, ihr zu helfen, ihren Arm berührte, wich sie zurück und sagte: »Ich bitte Sie …« Und das bedeutete: *Fassen Sie mich nicht an!*

Sie legte den Zeigefinger auf die Lippen und schwieg mürrisch. Sie lutschte an ihrem Finger, was ich sehr erotisch fand. Für sie war es dagegen nicht mehr als ein Ausdruck ihrer Ungeduld.

»Er ist doch Arzt! Wie kann ein Arzt krank werden?«

Haroun verließ die ganze Zeit sein Zimmer nicht, es war offensichtlich, dass seine Magenerkrankung eine Finte war. Er blieb aber hartnäckig bei seiner Erklärung. Ich antwortete, dass er bestimmt auf dem Weg der Besserung sei und dass wir ihn sehr bald schon wiedersehen würden.

»Ich bin ihm vollkommen egal«, sagte sie.

»Das stimmt nicht«, sagte ich. »Und mir auch nicht.«

Sie runzelte die Stirn, ich war wohl einen Schritt zu weit gegangen.

»Wie fühlen Sie sich denn?«

»Nicht gut«, wehrte sie ab, als ginge es mich nichts an. Und während sie Schokolade aß und die Krümel von den Fingerspitzen küsste – dachte ich wieder an unser Vorspiel, an die halb geöffneten Lippen.

»Vielleicht kann ich etwas für Sie tun.«

Sie sah mich an, als wäre ich gerade vom Himmel gefallen, und sagte: »Und was könnte das sein?«

Ihre Miene verfinsterte sich weiter, wie ich trotz der dunklen Brille erkennen konnte.

»Was immer Sie wünschen.«

Sie schien plötzlich zu erschlaffen, ihr ganzer Körper signalisierte, dass ihr das Gespräch zu viel war. Selbst die Stille, die nun folgte, erregte mich. Ich stand neben ihr, mein Schwanz, auf einer Höhe mit ihrem Gesicht, wurde steif. Sie schwieg beharrlich. Konnte sie riechen, wie sehr ich sie in diesem Augenblick begehrte?

Sie wandte sich ab. »Haroun macht mir immer Geschenke«, sagte sie im Ton eines verwöhnten Görs. »Sie bringen mir überhaupt nichts, Sie interessieren sich gar nicht für mich.«

Ich war nicht verletzt, im Gegenteil, die Vorstellung erregte mich, dass hier ein kleines Mädchen darum bettelte, verführt zu werden. Ich war bereit, ich dachte an nichts anderes mehr, und ich zweifelte nicht mehr, dass sie genau wusste, was sie mit mir machte.

Am nächsten Tag nahm ich etwas von dem Geld, das sie mir gegeben hatte, und kaufte an einem Stand auf dem Corso – bei einem weiteren hübschen Mädchen – einen Blumenstrauß.

»Sie verwelken bestimmt, wenn sie nicht gleich Wasser bekommen«, sagte die Gräfin.

Ich sah, dass sie sich freute, ihre mädchenhafte Zufriedenheit war ebenso leicht zu lesen wie ihre mädchenhafte Tyrannei. In den folgenden Tagen brachte ich ihr einen Honigtopf, einen Bernstein, ein Stück Lapislazuli, schwarze, zu Handschuhen und Schlüpfer passende Spitze, ein nervöses Vögelchen in einem zwiebelförmig geflochtenen Bastkäfig. Ich bezahlte all dies mit dem Haufen Lire, den sie mir gegeben hatte, er wurde und wurde nicht kleiner und lag, da sie die Scheine zerknittert, gerollt und gedreht hatte, auf meinem Tisch wie vergammelter Salat, wie ein sterbender Kohlkopf.

Inzwischen war Haroun – missmutig – ins Leben zurückgekehrt, er hielt sich den Magen und sagte mit schmerzverzerrter Miene: »Es ist wirklich schlimm. Ein solches Darmleiden ist wie eine Geburt – von einem Ungeheuer.« Er grunzte ein wenig, schien seine Krankheit dann aber schnell zu vergessen. »Machen Sie Fortschritte?«, fragte er.

»Aber ja«, antwortete ich piepsig, meine Stimme verriet die Bedrängnis, in der ich mich befand, denn von Fortschritt konnte keine Rede sein. Trotzdem gefiel es mir, dass ich mit dem Werben um die schwierige Frau meinen Lebensunterhalt verdiente. Ich hatte mich schon oft als Teil eines komplexen Panoramas gesehen. In Taormina war es, als hätte ich meinen Platz in einer ganzseitigen, detaillierten Illustration gefunden – in einem Märchenbuch.

Tags darauf ging der graue Zwerg zum Zimmer des Wanderers, bat ihn mitzukommen und führte ihn zu einer Steintafel, auf der in gemeißelten Lettern geschrieben stand, welche Prüfungen zu bestehen waren, um den Palast aus der Verzauberung zu lösen.

Dieser Wanderer war ich, ratlos stand ich in meiner neuen Tunika vor dem Schloss. Ich hatte nur eine

Aufgabe: Ich musste die hochmütige Gräfin, die dort am Fenster ihres Ankleidezimmers zu sehen war, zu meiner Geliebten machen. Falls mir dies nicht gelänge, würde mir der Hof für immer verschlossen bleiben. Es mag überspannt klingen, damals aber war es die reine Wahrheit. Der junge Wanderer, ein Weltenbummler, war ich, und sie war eine echte Gräfin, und der Palazzo d'Oro war tatsächlich einst die Wohnung einer Principessa gewesen.

Und sollte es ihm nicht gelingen, wird ihm der Hof auf immer verschlossen sein.

Haroun stöhnte vor Schmerz, zog sich in sein Zimmer zurück und ward nicht mehr gesehen. Am Abend erklärte die Gräfin, sie sei hungrig, was ich als Aufforderung deutete, mit ihr zu speisen. Wir saßen auf der Terrasse, genossen die Ruhe und den Wein. Ich überließ mich meinen üblichen Phantasien. Ich stellte mir vor, wie ich ihren Ausschnitt lecken, wie ich sie streicheln würde. Und je nach Laune würde ich sie dominieren oder ihr Sexsklave sein, würde mich nackt von ihr ins Schlafzimmer führen und wie einen Hund behandeln lassen. Als das Essen serviert wurde, war ich bereits angetrunken, ich versuchte, wortlos mit ihr zu flirten, indem ich in meiner Mimik und meiner Gestik ein wenig vertrauter tat, als gerechtfertigt war, wie ein treuer Kellner vielleicht, den sie seit langem schätzte, was ohnehin die einzige Beziehung war, die sie zuließ.

Sie trug das weiße Trägerkleid, das mir so gut gefiel, weil es beinahe nur aus Maschen und Löchern bestand und unerwartete Einblicke gewährte. Es fiel leicht an ihrem schlanken Körper herab, und wenn sie sich vorbeugte oder sonst wie bewegte, kamen in ihrem tiefen Ausschnitt immer wieder ihre Brüste zum Vorschein. Manchmal verfing sich in dem weitmaschigen Stoff eine Brustwarze. In ihrem Haar glitzerte ein kleines Diadem, und um den Hals trug sie ein enges, perlenbesetztes Band aus schwarzem Samt, wie ein Hundehalsband. Sie hatte ihren kräftigsten Lippenstift aufgelegt, von einem tiefen, schimmernden Rot, das ihre Lippen noch voller machte. Im Kerzenschein des Palazzo d'Oro war sie wunderschön, schön wie die Märchenprinzessin, die ich in meinem Kopf skizziert hatte.

Ich verzehrte mich nach ihr, ich verschlang sie mit meinen Blicken, ich gaffte und schluckte. Ich wollte mich gerade in einer neuen Phantasie ergehen – sie saß auf mir, ich musste sie lecken –, da begann sie sich über Haroun zu beklagen. Ich entdeckte in den tiefen Schatten ihres Gesichts einen harten, hässlichen Zug.

Ich versuchte sie abzulenken: »Wir könnten uns die *passeggiata* ansehen ...«

Jeden Samstagabend versammelten sich die Einwohner von Taormina auf dem Corso, sie paradierten stolz und gingen plaudernd von der Kirche Santa Caterina hinunter zum Dom: Männer spazierten zu zweit oder in Gruppen, Frauen blieben unter sich, dazwischen rannten und spielten die Kinder, und die Jungen drückten sich herum und blickten verschämt nach den Mädchen. Es war wie ein Stammesritus, der auch Touristen wie uns anzog, meist Paare, die zum Vergnügen an der großen, lauten Parade teilnahmen.

»Was für eine vulgäre Idee«, sagte die Gräfin. »Da würde ich niemals hingehen.«

»Ich würde Sie aber beschützen.« Ich war noch immer etwas angetrunken.

Sie tippte sich an die Nase, schniefte kurz und sagte: »Ich gehe jetzt in mein Zimmer.«

Das klang nach einer Einladung. Voller Vorfreude begleitete ich sie in die zweite Etage, jeder Schritt schien mir wie eine Verheißung, der Wunsch, meine Hände auf ihren Hintern zu legen, war überwältigend. Ich war in Gedanken schon damit beschäftigt, unter dem Netz ihres Kleids den warmen Körper, ihre glühende Haut zu ertasten.

Wir erreichten ihre Suite, sie schloss die Tür auf. Weit hinten in einem zweiten Zimmer sah ich das Bett, eine rüschige Tagesdecke, und auf dem Boden pelzbesetzte Hausschuhe. Sie drehte sich um und sagte: »Gute Nacht.«

Ich war groß genug, um ihr tief in den Ausschnitt zu sehen, ihre Brüste schwangen leicht in der Bewegung und zitterten vor Erregung.

Ich beugte mich vor, suchte ihre Lippen und wollte sie küssen. Sie stieß mich unsanft von sich und deutete sogar eine Ohrfeige an. Ich wich aus und sah, dass die heftige Bewegung sie noch weiter entblößt hatte.

»Was erlauben Sie sich?«, zischte sie.

Sie hatte mich nur leicht gestreift, aber mir war, als hätte sie mich mitten ins Gesicht geschlagen, ich wankte richtig, so peinlich war mir die Situation. Sie hatte mich von sich gestoßen und war nicht bereit, sich meine Rechtfertigung anzuhören. Fluchtartig trat sie in ihr Zimmer und knallte die Tür zu.

Am Ende des langen Korridors hörte ich schlurfende Schritte, offenbar waren wir beobachtet worden. Ich war äußerst beunruhigt.

Am Morgen erschien sie wie immer zum Frühstück, sie wirkte ungerührt, beinahe erfrischt. Nichts deutete auf die Bedrängnisse der Nacht hin.

»Es tut mir unendlich leid wegen gestern«, sagte ich.

Sie nahm es schweigend, mit dem Zucken einer Augenbraue, zur Kenntnis.

»Ich fürchte, ich war ein wenig betrunken.«

Sofort schlug die Stimmung um, ich bemerkte ihre Augenfältchen, ich sah, dass sie den Tränen nahe war und mit zitternden Lippen und glänzenden Augen um Fassung rang. Erst als sich ihr Schmerz in Wut verwandelte, fing sie sich wieder. Sie war wütend auf mich, ganz offensichtlich, wegen meiner Zudringlichkeit oder wegen der dummen Ausrede. Ich wusste es nicht. Wir frühstückten und schwiegen uns an, nur unsere Kaugeräusche brachen die Stille. Es war so schrecklich, dass ich mich verdrückte wie der Hund, der ich tatsächlich war.

Haroun war plötzlich wieder gesund, er sah beinahe heiter aus und bot an, mit dem Taxi nach Mazzarò hinunterzufahren, um die Einkäufe zu erledigen. Er verbrachte den Tag mit der Gräfin, gegen Abend wirkte er zermürbt und unzufrieden. Ich vermutete, dass er sich in seiner Abwesenheit mit einem der Liftjungen vergnügt hatte und zu seinen Pflichten bei der Gräfin nur widerwillig zurückkehrte. Sie unterhielten sich auf Deutsch an jenem Tag, ich nahm an dem Gespräch nicht teil. Mein Eindruck war, dass nicht mir ein Ultimatum gestellt wurde, sondern Haroun.

Am Abend – genau eine Woche nach meiner Ankunft in Taormina – sagte Haroun: »Die Gräfin ist sehr unzufrieden mit mir. Sie müssen uns verlassen.«

»Ich habe getan, was ich konnte«, sagte ich.

Er schüttelte den Kopf. »Nein, ich bin es, der versagt hat.«

Ich staunte, dass er mir keine Schuld geben wollte. Er machte nur sich selbst Vorwürfe. Er sog an seiner Zigarette und spuckte den Rauch aus, und er schien mich in seinem Elend kaum zu bemerken. Mit keinem Wort erwähnte er, dass er eine Woche lang mein Zimmer und meinen gesamten Unterhalt bezahlt hatte. Ich hatte auf seine Kosten sehr gut gelebt.

»Sie glaubt nicht, dass sie schön ist«, sagte Haroun.

Das war allerdings nicht mein Eindruck gewesen. Die Gräfin schien mir eitel in einer Weise, die ans Absurde grenzte. In ihren Bewegungen, in ihrer Art, den eigenen Körper auszustellen, war sie dabei völlig unbefangen. Es war die höchste Form der Sexualität. Egal, wie viel Kleidung sie trug, sie war im Herzen Nudistin.

»Sie ist wunderschön«, sagte ich.

»Finden Sie?« Er sah mir direkt in die Augen, als wollte er meine Aufrichtigkeit prüfen.

»Ja, das finde ich.«

»Sie glaubt es nicht. Sie ist davon nicht überzeugt.«

Haroun schwieg und betrachtete die Sterne, und als er den Blick senkte, lag vor ihm das sternenglitzernde Meer.

»So ein hübsches Gesicht«, sagte ich, »wie eine Madonna.«

Ich übertrieb ein wenig – warum auch nicht? Ich wusste, dass mir nicht viel Zeit blieb. Warum also sollte ich mich nicht mit einem Lächeln verabschieden? Haroun gefiel, was ich sagte, er war gerührt und nickte heftig.

»Wenn Sie das wirklich glauben, muss es Ihnen unbedingt gelingen, sie davon zu überzeugen. Ich gebe Ihnen noch ein paar Tage Zeit. Sonst müssen Sie uns verlassen.«

4

Dies also war meine Herausforderung, die seltsame Aufgabe, die der Graue Zwerg dem Wanderer, dem jungen Mann an der Schlossmauer, übertragen hatte. Die Gräfin in ihrem Turm sah in den Spiegel und erblickte – so meine eigene Darstellung der Szene – neben ihrem eigenen hübschen Gesicht das Spiegelbild des jungen Mannes, der über ihr auf einem Balkon stand.

Wenn ich nicht verbannt werden wollte, musste ich den Auftrag erfüllen. So ging diese Geschichte. Darunter jedoch verbarg sich eine weitere Schicht. Ich hatte Haroun nicht belogen, als ich die Gräfin gepriesen hatte, ich fand sie wirklich sehr schön, und sie war reich, eine Zauberin, die ich begehrte. Ich musste mit dieser Frau schlafen, die mir unerreichbar schien, die mich tagein, tagaus beleidigte und jeden meiner Annäherungsversuche schroff zurückwies.

Ich wollte nicht wahrhaben, dass ich in einer Falle steckte. Doch nach einer Woche in diesem großartigen Hotel, nach einer Woche des Luxus war ich verwöhnt und, wenn nicht korrumpiert, so doch verweichlicht. Ich hatte mich an das süße Leben, das ich bis dahin nur aus italienischen Filmen kannte, bereits ein wenig gewöhnt. Denn nichts ist leichter, als sich diesem Luxus zu ergeben, man gewöhnt sich daran wie an den Geschmack süßer Bonbons oder die Annehmlichkeit einer guten Hängematte. Das Leben ist eine große Jacht, man liegt auf dem Sonnendeck und ruft: »Fahrt weiter, ich bin noch nicht bereit, von Bord zu gehen!«

Ich war derart gut gelaunt, dass ich darüber nachdachte, Fabiola, die Principessa, in den Palazzo einzuladen, um sie mit meinen neuen Anzügen (die ich der Gräfin verdankte), meinen neuen Freunden, meinen verbesserten Umständen und meinem Geld zu blenden. Sie wäre bestimmt beeindruckt gewesen, aber nicht nur das. Sie selbst hatte ja nur noch ihren Titel, sie hätte sich in ihrer Großherzigkeit auch für mich gefreut. Dann hätte sie mich wieder angebettelt, ihr meine Liebe zu erklären, sie hätte mich angefleht das eine, entscheidende Wort zu sagen. Und dann wäre ihr herzerweichendes Flehen in Wut umgeschlagen, Wut auf meinen Egoismus.

»Das hat doch alles keinen Sinn. Du wirst mich einfach sitzen lassen. Es wird mich so traurig machen!«

Von der Idee, Fabiola nach Taormina zu holen, war ich damit geheilt.

Andererseits war ich noch nicht bereit zu gehen. Ich genoss es, in Erwartung eines weiteren heißen Tages in dem mit allen Annehmlichkeiten ausgestatteten

Palazzo aufzuwachen. Selbst die Herausforderung, die die Gräfin darstellte, machte mir Freude, ich war der Jüngling, der an den Hof kam, um die Prüfungen der hübschen Prinzessin und ihres geheimniskrämerischen Beraters zu bestehen. Ich hatte mich in die Rolle des Märchenhelden gefügt. Ich war der schwarz gekleidete Jüngling in der Illustration, die zentrale Figur, die fröhlich lächelnd auf dem schmalen Grat zwischen Erfolg und Scheitern stand.

Ich nahm es nicht persönlich. Ihr Widerstand war ein Rätsel, das zu lösen mir aufgegeben war, ich musste den Weg finden, der mich zu ihrem Bett führte. Die Situation war merkwürdig: Fabiola war, so vermutete ich, eine Jungfrau – die ich jederzeit haben konnte, wenn ich nur den Satz »Ich liebe dich« aussprach. Die Gräfin dagegen war schon zweimal verheiratet gewesen und hatte, wenn man ihren Erzählungen und Andeutungen über Affären an allerlei exotischen Orten Glauben schenkte, unzählige Liebhaber gehabt – und gerade diese Frau, deren Starrsinn mich nur weiter erregte, sollte für mich unerreichbar sein? Mein Begehren wuchs, und mit ihm meine Kaltblütigkeit.

Mal schimpfte Haroun mit mir, mal sprach er mir Mut zu. Er konnte nicht begreifen, warum ich keine Fortschritte machte.

»Wie können Sie Geld annehmen und nichts dafür tun? Sie sind so egoistisch, so selbstverliebt. Sie treten auf, als gehörten Sie zu irgendeiner Elite, Sie sind aber nur ein armer Student aus Amerika. Ja, Sie sind ja bestimmt sehr intelligent, aus Ihnen könnte durchaus etwas werden – aber nur, wenn Sie sich auf etwas anderes verlegen, als hübsch auszuschauen und die Leute hinters Licht zu führen.«

Ich sah ihn an und schwieg, während er mich so beschimpfte. Er hatte einen starken arabischen Akzent, der mit gewissen deutschen Eigenheiten versetzt war. Beschimpfungen, die mit einem derart schweren, seltsamen Akzent vorgebracht wurden, konnte ich einfach nicht ernst nehmen, sie wirkten falsch auf mich und trafen tatsächlich niemals ins Schwarze.

»Ich könnte noch heute den Geldhahn zudrehen, dann müssen Sie die Stadt verlassen, und zwar inmitten all dieser schmutzigen Menschen in der dritten Klasse, dieser stinkenden Männer und halbwüchsigen Taschendiebe. Dann werden Sie schon aufhören, so hochnäsig zu sein!«

Da stinkende Männer und halbwüchsige Taschendiebe genau das waren, was er begehrte, war seine Drohung ein zweischneidiges Schwert.

Ich kann dich vernichten, wollte er sagen, was aber nicht stimmte. Ich war völlig mittellos in Taormina angekommen, und es machte mir überhaupt nichts aus, genauso auch wieder zu verschwinden. Ich war aus dem Nichts gekommen, es war unmöglich, mich zu erniedrigen, ein Gedanke der mir Kraft gab. Ich hatte nichts zu verlieren und fühlte mich unangreifbar.

Haroun war nicht immer so gemein, ganz im Gegenteil, manchmal war er sehr zufrieden mit mir und voll des Lobes.

Einmal befanden wir uns gerade auf der Bühne des

Teatro Greco, einem an Dramatik nicht zu überbietenden Bauwerk, von dem aus sowohl das Meer als auch der Ätna zu sehen ist. Das reinste Gold schimmert immer auch rötlich und rosa wie die zarteste Haut, und es ist dieses Goldrosa auch die Farbe des flammenden Sonnenuntergangs. Aus unserem Blickwinkel hätte man leicht den Sonnenuntergang für einen Ausbruch des Vulkans halten können oder für die Hitze eines glühenden Frauenkörpers. Haroun applaudierte und sagte: »Sie sagen, dass sie schön ist. Ich habe Sie nicht dazu gedrängt, nicht wahr? Sie sagen, dass ihr Gesicht das einer Madonna ist – Ihre eigenen Worte. Das freut mich sehr! Das ist sehr positiv. Sie glauben es also wirklich. Ich habe Sie zu nichts gedrängt.«

Wenn er derart zuversichtlich war, mochte ich ihn sogar, ich fand es rührend, dass er sich so lebhaft freute, auch wenn ich es nicht ganz verstand. Offenbar bedeutete ihm seine Freundin so viel, dass er regelrecht strahlte, wenn man ihr ein Kompliment machte.

»Es sind Ihre eigenen Gedanken gewesen, sie kommen aus Ihrem Hirn, aus Ihrem Herzen. Mehr kann ich mir nicht wünschen – dass die Menschen zu ihrem eigenen Urteil finden und tun, was zu tun ist.«

Ich dankte ihm für sein Verständnis.

»Aber die Gräfin, sie versteht es nicht«, sagte er. »Sie ist eine weise Frau, und Sie haben sie noch nicht überzeugt.«

»Ich werde mich weiter bemühen.«

»Das Leben ist doch überall gleich«, sagte er. »Die Reichen beneiden die Armen, und die Armen beneiden die Reichen. Die mit dem größten Vermögen haben Angst, dass sie es verlieren könnten. Berühmte Menschen haben Angst, dass man sie vergessen wird. Schöne Frauen sind von Angst besessen. Es ist überall dieselbe Angst, auf der ganzen Welt.«

War es die Kulisse des griechischen Amphitheaters, die seinen Monolog inspirierte? Tatsächlich schritt er über den geplatzten Marmor der antiken Bühne und warf sich in verschiedene Posen. Was er sagte, schien mir unsinnig, doch als ich gerade etwas einwenden wollte, sagte er: »Die Angst, alt und hässlich zu werden. Zu sterben.«

Ich hätte beinahe laut gelacht. Für mich, damals in Taormina, lagen diese Sorgen weit, weit weg. Es war, als hätte ich gerade erst die Welt betreten – als Unsterblicher. Die Frage stellte sich, ob er mit der Gräfin nach Taormina zurückgekehrt war, um diesen Ängsten zu entkommen.

Die Gräfin zeigte keine Regung. Ob sie wusste, dass wir bei unseren Spaziergängen durch die Stadt, bei unseren geflüsterten Unterhaltungen in den antiken Ruinen von Taormina über nichts anderes sprachen als über sie? Kümmerte es sie? Wohl nicht, denn wenn sie eines hatte, war es Kraft, Unbeugsamkeit. Wer nichts wünschte, nichts begehrte, war in meinen Augen besonders stark, es war beinahe unmöglich, solche Menschen zu beeinflussen. Die Tatsache, dass mich die Gräfin zurückgewiesen hatte, war ein Zeichen dieser Kraft.

In der zweiten Woche, so schien es, war aus meinem

rituellen Werben um die Gräfin eine Art Machtkampf geworden. Ich glaubte durchaus, dass ich mich mit ihr messen konnte, zumindest bildete ich es mir ein. Schließlich hatte Haroun bestätigt, was ich tief in meinem Herzen fühlte. Ja, die Reichen sind sehr mächtig, dachte ich damals, aber im Innersten haben auch sie eine Stelle, an der sie verwundbar sind: Es ist die Sorge um ihr Vermögen, die Angst vor der Armut. Ich hatte diese Ängste nicht. Was mich verwirrte, war der Verdacht, dass sie ihren Reichtum nicht verdient hatten. Sie hatten einfach nur Glück gehabt, die wenigsten hatten etwas geleistet. Das Glück hatte ihnen Privilegien eingebracht, an die sie sich ängstlich klammerten. Sie hatten es besser als ich, auch wenn sie nicht besser waren. Ich wusste, dass ich es mit jedem von ihnen aufnehmen konnte, selbst mit der Gräfin. Das Einzige, was mir fehlt, dachte ich, ist Geld.

Ich war geblendet von der Macht des Geldes, und ich verabscheute jeden, der mächtig war, ohne etwas für seine Stellung getan zu haben. Ich tröstete mich mit dem Gedanken, dass die Privilegien ihnen eines Tages die Widerstandskraft rauben würden. Der Beweis war ich selbst, denn die wenigen Tage, die ich in Taormina im Luxus gelebt hatte, hatten mir beinahe alle Kräfte geraubt.

Es war mehr Zufall als Schicksal, dass die Gräfin eine Gräfin war. Egal, ob sie als Tochter, als Ehefrau oder als Liebende zu ihrem Titel gekommen war – letztendlich hatte sie einfach nur Glück gehabt. Das Einzige, was sie in ihrem Leben zustande gebracht hatte, war, dass sie hübsch anzusehen war. Ihr ganzes Leben war ihrem Äußeren gewidmet – nur ihre Schönheit zählte. Und gerade diese Oberflächlichkeit, die unfassbare Eitelkeit, dieser einzige, alles überragende Wunsch, hübsch zu sein, reizte mich und zog mich an. Sie existierte, um gesehen zu werden, sie sah nur ihr eigenes Bild – ein Zustand vollkommener Selbstbezogenheit, ein Narzissmus, der mich vor Begehren rasend machte.

Ich war entbrannt, es galt also, eine Schwachstelle zu entdecken, um ihre Leidenschaft zu wecken. Nur fürchtete ich, dass es nichts zu wecken gab, dass sie in anderen Bereichen zu stark war, um diese Gefühle zuzulassen. Bisher war es mir nicht einmal gelungen, sie ein wenig neugierig zu machen. Sie hatte mir seit meiner Ankunft nicht eine einzige Frage gestellt. Sie wusste nichts über mich und fragte nicht, woher ich kam.

Ich unternahm keine weiteren Versuche, sie zu meiner Geliebten zu machen. Der erste Versuch war demütigend genug gewesen, und zwar für uns beide. Ich wollte mich aber auch nicht geschlagen geben. Also erledigte ich weiter ihre Besorgungen in Mazzarò, brachte ihr wie ein Laufbursche die deutsche Zeitung und die anderen Kleinigkeiten und behielt sie im Auge. Von mir selbst gab ich nichts preis. Ich machte keine Andeutungen über meine Vergangenheit und stellte ihr meinerseits keine Fragen. In gewissem Sinne ahmte ich sie nach: Ich trug wie sie die Maske der Gleichgültigkeit.

Die Abgeklärtheit, die ich an den Tag legte, begann Wirkung zu zeigen – zumindest schien es mir so. Manchmal, wenn wir schweigend beieinandersaßen, bemerkte ich, dass sie mich prüfend ansah. Wenn ich ihrem Blick begegnete, wandte sie sich blitzschnell ab und tat wieder so, als hätte sie an mir nicht das geringste Interesse.

Als wir einmal am späten Nachmittag über die überfüllte Piazzale Nove Aprile spazierten, wurden wir von einigen Straßenkindern, vielleicht Zigeunern, bedrängt. Sie bettelten um Geld, zerrten an unserer Kleidung. Der Gräfin war jede Berührung zuwider. Als ich versuchte, die Kinder fortzuschicken, begannen sie vulgäre, regelrecht obszöne Bemerkungen zu machen, sie riefen »Fick deine Mutter« und Ähnliches. Ich hielt all das für die gewöhnliche, schmutzige Sprache der Straße, bis mir der Gedanke kam, dass sie auf unseren Altersunterschied abzielten, denn dass die Gräfin älter war als ich, war nicht zu übersehen. Ich ärgerte mich und versuchte die Kinder fortzuscheuchen, einen Jungen trat ich so heftig, dass er vor Schmerz laut jaulte und schrie, ich hätte ihn angegriffen.

»Di chi è la colpa?«, rief ein Händler – und wer ist nun schuld daran?

»Haroun macht das nie so«, sagte die Gräfin. »Ich glaube, er fürchtet sich vor ihnen.«

Offenbar ein Lob. Wir setzten unseren Spaziergang fort. Was ging wohl hinter ihrer dunklen Sonnenbrille vor sich? Ich wusste es nicht.

»Vielleicht mag er sie auch zu sehr.«

»Ich kann sie nicht ausstehen«, sagte ich, ihre obszöne Sprache noch im Ohr.

Sie schnaufte erleichtert, dankbar, dass wir uns einig waren. »Ja.«

Es war, als hätte ich eine kleine, vertrackte Prüfung bestanden. Sie rechnete es mir also positiv an, dass ich die Straßenkinder verscheucht hatte. Bald darauf bekam ich eine weitere Gelegenheit, mich nützlich zu machen. Die Gräfin fühlte sich von allem angegriffen, was mechanisch war. Sie hielt jedes mechanische Objekt für einen gefährlichen Feind. Es gab wohl keinen größeren Schrecken für sie als eine Autopanne, allein die Möglichkeit eines Schadens war für sie ein Gräuel. Sie war ohnehin sehr ängstlich, wenn sie mit den Verspätungen und Rückschlägen der wirklichen Welt, mit unangenehmen, vielleicht bedenklichen Dingen, über die sie keine Kontrolle hatte, in Berührung kam.

Eines Morgens – sie hatte einen weiteren Ausflug zum Olivengut in Bustano geplant – sagte sie: »Harry kann mich heute nicht begleiten, Sie müssen also mitkommen.« An die Grobheit ihrer Einladungen hatte ich mich inzwischen gewöhnt. Da sie einen Fahrer engagiert hatte, setzte ich mich neben ihn. Die Gräfin hatte den gesamten Fond für sich allein. Wir fuhren schweigend, ich vermisste Haroun. Ich suchte die Landschaft ab in der Hoffnung, etwas Vertrautes zu entdecken: das Dorf Randazzo, die Schäden eines alten Erdbebens, eine Mussolini-Parole.

In Bustano wurden wir vom Besitzer des Landguts

und einigen Bediensteten begrüßt. Ich war nicht eingeladen, die Villa zu betreten, und es war der Hausherr selbst (gelbes Hemd, helle Hose, Sonnenbrille), der mir mit hilflosen, fatalistischen Gesten bedeutete, dass ich, ginge es nach ihm, selbstverständlich willkommen wäre. Ich fragte mich, wie er mich einschätzte – und befürchtete das Schlimmste. Ich trug meine weiße Hose, weiße Espandrillos, den gestreiften Pulli und die neue blaue Segelmütze, die sie mir an dem Tag gekauft hatte, als uns die Kinder bedrängten.

»Erst die Mütze, dann das Segelboot«, hatte sie gesagt. Es war bestimmt lustig gemeint, klang in meinen Ohren jedoch wie Hohn.

Es dämmerte bereits, als wir zurückfuhren. Auf einer schmalen Landstraße in den Bergen hinter Troina, fern jeder menschlichen Siedlung, blieb an einem Stoppschild der Wagen stehen. Er knallte einmal, räusperte sich und verabschiedete sich mit einem Husten, als wäre er an der Staublunge gestorben.

»Das darf nicht wahr sein!«, schimpfte die Gräfin. Nach einer Pause wiederholte sie den Satz – eher verunsichert als wütend. Als sie ihn zum dritten Mal sagte, sprach aus ihm die blanke Angst.

Der Fahrer fummelte am Schlüssel herum – am Zündschlüssel! –, er trat aufs Gas und schlug mit der flachen Hand auf das Lenkrad. Der Mann kam vom Dorf, er war mit Tieren aufgewachsen, nicht mit Maschinen, und kannte sich überhaupt nicht aus. Er behandelte den Wagen wie einen Ochsen, der in seinem Joch bummelte, wie ein störrisch sich schüttelndes

Brauereipferd. Sein sizilianischer Instinkt war, den Wagen nach Hause zu prügeln.

Ich wollte die Gräfin beeindrucken und versuchte ihr die Lage zu erklären, was sie aber, verängstigt, wie sie war, kaum wahrnahm.

Es waren nicht die ersten Schwierigkeiten, die wir mit dem Wagen hatten. Er war schon am Morgen in Taormina schlecht angesprungen, und er war im Leerlauf einige Male ausgegangen. Ich tippte auf eine schwache Batterie, vielleicht stimmte etwas mit den Kontakten nicht. Der Motor schien in Ordnung. Der Wagen war ein Alfa Romeo TI.

»Wie heißen Sie?«

»Fulvio, mein Herr.«

»Öffnen Sie mal die Motorhaube, Fulvio.«

»Jawohl, mein Herr.«

»Kennen Sie sich in diesen Dingen etwa aus?«, fragte die Gräfin.

»Der Alfa TI ist ein gutes Auto. Wissen Sie, wofür das TI steht?«

»Natürlich nicht.«

»*Tritolo incluso.* Mit Bombe. Tritolo ist Sprengstoff.«

Es war ein Witz, der in jenem Jahr in Palermo die Runde machte, wo sich Mafiosi gegenseitig in die Luft sprengten, bevorzugt in diesen Limousinen. Die Gräfin war aber zu Scherzen nicht aufgelegt.

»Was können Sie denn schon ausrichten?«, fragte sie ärgerlich. Sie forderte mich heraus, um mich am Ende zu demütigen.

»Es ist fast dunkel«, sagte ich. »Wir stecken fest. Die

einzigen Lebewesen weit und breit sind Ziegen.« Ich konnte hören, wie ihre Glöckchen klingelten. »Was sollte ich Ihrer Meinung nach tun?«

Dieser kleine, viel zu dramatische und ausführliche Monolog steigerte noch ihre Angst, was ganz in meinem Sinne war. Leider wurde sie unerträglich herrisch, wenn sie Angst hatte, und sie begann Fulvio in ihrem harten, unmelodischen Italienisch zu malträtieren.

»*C'era d'aspettarsela*«, sagte er – es war nicht anders zu erwarten.

Ich wandte mich an die Gräfin. »Es scheint ihn nicht sonderlich zu interessieren.«

»Wir müssen sofort ins d'Oro«, sagte sie. »Ich habe so viel Flüssigkeit zu mir genommen. Ich muss mal.«

Ich konnte ein Lächeln nicht verbergen, weil es für sie offenbar überhaupt nicht infrage kam, sich irgendwo anders als in ihrer Suite zu erleichtern.

»Es tut hier schon weh – *ich muss pinkeln!*«, sagte sie auf Deutsch und berührte sich unmissverständlich an der entsprechenden Stelle. Das Lächeln verging mir. »Vielleicht brauchen wir *benzina*.«

»*Benzina* haben wir genug«, sagte ich und warf im letzten Licht des Tages einen Blick auf den Motor. Der Alfa war zwar noch recht neu, doch der Motor war ölverschmiert und kaum gewartet. Die Batterie schien noch in Ordnung zu sein, aber die Kontakte waren verklebt und blaugrün angelaufen, der Schimmel spross zart und lieblich wie Korallenschaum auf den Kupferdrähten. Auch die Klemmen waren lose und von demselben klebrigen Schleim bedeckt. Ein schlechter Kontakt wäre eine Erklärung dafür, dass der Wagen nicht angesprungen war. Mit einem schnellen Handgriff löste ich das Kabel, mehr Abschaum, eine Art metallischer Speichel, trat zutage.

Ich schlug mit dem Kabel ein paarmal auf die Kontakte, bis ein knisternder Funke flog. Vielleicht ist das schon alles, dachte ich, eine Schlussfolgerung, die auf meinen vielfältigen Erfahrungen mit billigen, klapprigen Gebrauchtwagen beruhte. Ein teureres Auto hätte mir vielleicht Schwierigkeiten bereitet, aber dies hier war Sizilien … und ich wusste, dass ein Alfa Romeo die gleiche Batterie hatte wie ein Fiat oder ein alter Ford.

Die Gräfin stieg aus, stapfte auf und ab und rang die Hände, und das bedeutete, dass sie wirklich dringend *pinkeln* musste, wie sie im Kleinmädchenton gemeldet hatte. Sie beschimpfte den Fahrer. Ich ließ es mir nicht nehmen, ihr den großen, schmutzigen Motor zu zeigen, der ein Buch mit sieben Siegeln für sie war.

Ich machte allerlei Anstalten und tat, als würde ich den Motor reparieren, ich zupfte an verschiedenen Kabeln, zog Flügelmuttern nach, klopfte vorsichtig an die Kappen der Zündkerzen und hoffte inständig, dass tatsächlich nur die Batterie betroffen war. Fulvio stand die ganze Zeit hinter mir, seufzte und grummelte und verfluchte meine verstorbenen Vorfahren: *»Mannaggiai morti tui!«*

Mit einem abgebrochenen Messer, das ich im Werkzeugkasten gefunden hatte – Fulvio schien überrascht, dass das Auto überhaupt einen Werkzeugkasten hatte –, entfernte ich den Bewuchs an den Kontakten und kratzte, bis das Blei zum Vorschein kam. Dann nahm ich mir die Klemmen vor.

Fulvio war niedergeschlagen, das war auch in der Dunkelheit nicht zu übersehen. In der tiefen Schlucht unterhalb der Straße klingelten die Ziegenglöckchen, am felsigen Hang scharrten Hufe.

»Was machen wir denn nun?«, jammerte die Gräfin. Sie zeigte auf Fulvio und rief: »Er ist an allem schuld! *Cretino!* Wieso hast du nicht gelernt, den Wagen zu reparieren?«

»Ich bin kein Automechaniker, ich bin Chauffeur«, sagte Fulvio und machte eine Handbewegung, die wohl bedeutete: Das geht Sie im Übrigen überhaupt nichts an.

»Sie könnten es trotzdem versuchen«, meinte die Gräfin, »vielleicht lernen Sie es ja.«

Wieder schnellte Fulvios Hand hervor, er sagte: »Wer rund zur Welt gekommen ist, wird niemals eckig sterben.«

»Der Kerl ist nicht zu gebrauchen«, sagte ich und lachte über seine sizilianische Volksweisheit.

»Der Kerl ist nicht zu gebrauchen«, sagte die Gräfin zustimmend. Sie musste noch immer dringend pinkeln, sie zappelte und drückte die Sonnenbrille, die sie mit beiden Fäusten umfasste, fest in den Schoß – als könnte ihr das irgendwie helfen.

»Keine Sorge. Ich bringe Sie schon nach Hause. Es kommt alles in Ordnung, Gräfin.«

Es war das erste Mal, dass ich sie mit ihrem Titel anredete. Sie sah mich an mit einem verheißungsvollen Blick, der etwas Verzweifeltes hatte.

Sie war jetzt ein kleines Mädchen. Ich war ihr Vater. Ich kratzte noch eine Weile an den Kontakten, zog noch einmal die Klemmen fest – alles nur Getue, um ein wenig Zeit zu schinden. Denn sie war mir zum ersten Mal ganz ausgeliefert.

»Steig aus«, rief ich etwas zu laut zu Fulvio, damit es auch die Gräfin hörte.

Demonstrativ nahm ich ihm den Zündschlüssel ab und setzte mich ans Steuer. Die Gräfin trippelte neben dem Wagen, ich zeigte auf den Beifahrersitz und sagte: »Setzen Sie sich.« Sie tat, wie ich verlangte, und stieg ungelenk ein. Sie wäre fast zersprungen, so prall war sie. Neben mir wirkte sie erst recht wie ein Mädchen.

Ich drehte den Zündschlüssel und trat ein paarmal aufs Gas, der Motor sprang an und heulte laut auf.

»Ai!« Die Gräfin applaudierte. »Jetzt aber schnell!«

»Steig hinten ein, Fulvio«, rief ich.

Und so fuhren wir nebeneinander nach Taormina zurück, der Fahrer saß hinten und schimpfte leise in sich hinein: *»Mannaggia.«*

Die Gräfin sagte: »Ich kann es noch halten. *Ich muss dringend pinkeln.* Irgendwie mag ich dieses Gefühl. Der Druck fühlt sich gut an, ha-ha.«

Sie war noch einmal fünf, sechs Jahre alt, ihr Vater steuerte den Wagen, die Fahrt war lang, sie musste dringend pinkeln – eine einleuchtende Erklärung. Ich konnte es trotzdem nicht glauben. Wie bitte?

»Ich will mir natürlich nicht in die Hose machen!«

Wir fuhren die Serpentinen der Via Pirandello hinauf in die Stadt. Noch nie war sie mir so zerbrechlich, so klein und hilflos vorgekommen – wie verirrt in dieser Welt. Zwar lag ihr Dankbarkeit nicht im Blut, sie schien aber durch ihre respektvolle Art, mit mir zu sprechen, einzuräumen, dass sie von mir abhängig war.

»Ich gebe Ihnen meinen Schlüssel. Sie laufen vor und schließen die Suite auf, Sie sind schneller als ich. Ich bekomme die Tür allein ohnehin nicht auf.« Sie sprach atemlos, beinahe hysterisch in ihrer mädchenhaften Art.

»Wie lustig! Unser Chauffeur sitzt hinten im Fond!«

Wir parkten, sie drückte mir den Schlüssel in die Hand, ich rannte hinauf zu ihrer Suite, schloss die Tür auf und schaltete das Licht ein. Ihre Zimmer waren wunderschön, es roch nach Bohnerwachs und frischen Blumen.

Ich stand gerade im Flur und schaltete das Toilettenlicht ein, als sie an mir vorbeidrängte, die Tür aufdrückte, den Rock hochzog und sich auf der Toilette niederließ. Sie saß nicht, sie hockte leicht vornübergebeugt und pisste laut hörbar in die Porzellanschüssel. Ihr Gesicht strahlte vor Befriedigung, sie seufzte erleichtert. Ich stand starr vor Begeisterung im Flur und glotzte sie an. Erst wenn ich mich verstecke, wenn ich mein Gesicht verberge, wird sie sich schämen, dachte ich. So aber plätscherte sie schamlos und fröhlich wie ein plötzlich erwachter Springbrunnen.

Ich wusste, dass es Menschen gab, denen der Umgang mit Personal so natürlich war, dass sie sich nackt vor ihren Dienern zeigten. Sie ließen sich von ihnen anziehen und behandelten sie, als wären sie in jeder anderen Hinsicht blind, zum Gehorsam geboren und unfähig zu einem eigenen Gefühl. Hier war etwas anderes geschehen. Die Gräfin hatte einen intimen, zutiefst befriedigenden Augenblick genossen, sie ächzte und richtete sich langsam auf, wobei sie sich ausgiebig mit Toilettenpapier abtupfte. Dann zog sie die Kette, richtete ihr Kleid und trat auf den Flur, wo ich, erhitzt von der Szene, deren Zeuge ich geworden war, auf sie wartete.

»Das war toll«, sagte sie zünftig und gab mir einen Kuss. »Und nun verschwinden Sie.« Verspielt schnipste sie mit feuchten Fingerspitzen, als wollte sie mich bespritzen.

Was mich keineswegs ekelte. Mein einziger Gedanke war: Diese Deutschen! Wir hatten unsere kleine Panne, eigentlich nicht mehr als eine Unannehmlichkeit, in ein Abenteuer verwandelt. Ich sagte ihr, wie sehr ich ihren Mut bewunderte, und ich begann sie aufgrund dieses eigentlich trivialen Erlebnisses zu verherrlichen. Für sie war es ein triumphaler Tag gewesen, mit einem phantastischen Höhepunkt, für den sie sich in der absurden kleinen Szene in ihrer Suite belohnt hatte.

Haroun berichtete sie später: »Wir standen an der Landstraße. Der Fahrer war ein Idiot. *Ich musste pinkeln.* Es war lebensgefährlich!«

Nach diesem erfolgreichen Ausflug begannen wir mehr Zeit miteinander zu verbringen, wir verstanden uns ziemlich gut. Doch während sie heiterer wirkte und Vertrauen zu mir fasste, entwickelte ich eine immer stärkere Abneigung gegen sie. Was am Anfang nicht mehr als eine Verstörung war, verwandelte sich bald in regelrechte Abscheu.

»Und doch hatten Sie noch keinen Erfolg«, sagte Haroun, als wir einen Augenblick allein waren.

Ich war nicht überzeugt, dass es mir je gelingen würde, und fragte mich sogar, ob ich es überhaupt noch wollte. Ich sah sie im grellen Licht ihrer Toilette vor mir, lächelnd, pissend, so menschlich und hilflos und glücklich. Sie war keine Gräfin auf einem Thron, sondern ein kleines Mädchen auf einem Töpfchen, das rief: Sieh her! Sieh nur, was ich hier mache!

Ein paar Tage nach diesem *Und doch hatten Sie noch keinen Erfolg* saßen wir auf der Terrasse beisammen.

Haroun sagte: »Ich gehe jetzt hinauf.«

Die Gräfin sagte nichts. Noch eine Woche zuvor hätte sie wenigstens gefragt: »Was ist mit mir?«, oder: »Warum denn so früh?«

»Dieser Duft«, sagte ich, »ist das nicht Jasmin?«

»*Gelsomino*«, antwortete sie, ein Wort, das ich nicht kannte.

So gelang es mir, sie in den Garten zu entführen. Der Duft war hier noch stärker. Sie pflückte eine Blüte, roch daran und sog das Aroma ein. Ich ging neben ihr und berührte sie beiläufig. Ich wusste bereits, dass sie sehr empfindlich, beinahe gebrechlich war, und doch überraschte es mich, wie unfassbar zart und schlank sie war, ihr Körper – ein paar schmale Knochen, einige dünne Muskeln, Fetzen warmen Fleischs – war zerbrechlich und substanzlos, als würde er kaum existieren. Ich legte den Arm um sie und drückte sie an mich. Sie war so überrascht, dass ihr ein deutsches Wort herausrutschte:

»Nein!«

Wenn das hier nicht klappt, dachte ich, dann wird es nichts mehr werden. Ich wollte Taormina nicht verlassen, doch wenn ich meinen Auftrag nicht erfüllte, hatte ich keine Wahl mehr. Es war meine letzte Hoffnung, ich hasste sie gründlich dafür, dass sie mich zu diesem Schritt zwang.

Ich sagte: »Ich möchte Sie küssen, seit ich Sie zum ersten Mal gesehen habe.«

»Sie sind betrunken«, antwortete sie.

»Nein. Hören Sie mich an. Sie haben das Gesicht einer Madonna. Man darf es nicht küssen. Ich möchte es verehren.«

»Wie dumm von Ihnen«, sagte sie, und ich kannte sie inzwischen gut genug, um zu wissen, dass sie bei diesen Worten nicht an meine Worte dachte, sondern an ihr Gesicht.

»Bitte, erlauben Sie …«, sagte ich und versuchte sie zu fassen, während ich mich schnell im Garten umsah. Wir waren unbeobachtet.

Sie leistete zwar Widerstand, sagte aber nichts. Ihr gertenschlanker Körper war voller Spannung. Ich atmete ihr heiß ins Ohr, ich war so nah an ihrem Kopf, dass ich meine eigene Hitze spürte. Ich stand am Abgrund, ich wusste, dass es kein Zurück gab. Ich musste springen …

»Ich liebe Sie«, sagte ich und spürte, wie mich die Kraft verließ. Es war, als hätte ich etwas Gemeines oder gar Boshaftes gesagt, einen Fluch – als hätte ich ihr einen Dolch ins Herz gestoßen und mich dann selbst hineingestürzt. Und dementsprechend reagierte sie auch. Sie begann zu weinen und drückte sich schluchzend an meine Brust. Da war es wieder – das kleine Mädchen.

»Helfen Sie mir«, flüsterte sie im letzten Licht des Tages.

5

Jetzt Stille, und der Einbruch der Nacht. Die Dunkelheit passt zur Stille.

Beinahe wortlos gab sie ihren Widerstand auf. In der langen Nacht, die folgte, veränderte sich alles. Es brauchte keine Worte mehr, die Sprache hatte längst versagt. Hier und da war Geflüster zu hören, ein lustvoll anhaltendes Seufzen. Ansonsten war es still. Unser Gespräch war die Berührung, es zählte nur das Fleisch. Es war, als ahmten wir die Sprache nach, mit unseren Mündern, unseren Lippen und Zähnen, küssend und schleckend. Meine Küsse bedeckten ihren ganzen Körper und ihre bedeckten meinen. Schmatzend und schlemmend fielen wir in der Dunkelheit übereinander her, als wären wir halb verhungert.

Wir waren in ihr Zimmer getreten, die Tür war hinter uns ins Schloss gefallen, und ich war davon ausgegangen, dass sie das Licht einschalten würde. Das tat sie aber nicht. Anfangs konnte ich sie überhaupt nicht sehen, sie schien nicht in meiner Nähe zu sein. Doch dann roch ich ihr Lilienparfüm, und ich hörte, wie sie sich im hinteren Teil des Zimmers zu schaffen machte, ich hörte das Rascheln ihrer hübschen schwarzen Strumpfhose, ich hörte Seide über Seide gleiten, dann das Schmatzen von nacktem Fleisch. Sie hatte ihr Kleid ausgezogen. Als ich die Stelle erreichte, von der das seidige Rauschen gekommen war, war sie bereits ins Schlafzimmer entkommen, dessen Tür offen stand. Ich kannte mich in der Suite nicht aus, was sich bald ändern sollte. In diesen ersten Stunden, die wir auf dem Boden des Schlafzimmers zubrachten, lernte ich die Teppiche kennen, die Ecken und Kanten der Möbel, Tische und Hindernisse aller Art, den schleichenden Schein des Mondes.

Einige erkennbare Geräusche: Eine Champagnerflasche wurde entkorkt, der Korken knallte. Sektgläser wurden auf einem Marmortisch abgestellt. Ich dachte: Sie wird Licht brauchen. Doch sie fand sich im Dunklen bestens zurecht. Jetzt trat deutlich ihr Profil aus der Dunkelheit hervor, denn in Taormina wurde es niemals vollständig finster. *Chiaroscura* lautet das Wort, das diesen Zustand erfasst. Sie war ein scharfer Schattenriss, ein duftendes Wesen, ich hatte sie schon gerochen und gehört. Jetzt sah ich sie – strahlend im dunklen Blau der sizilianischen Mondnacht. Sie schien von innen heraus zu glühen, beinahe als wäre sie radioaktiv.

Doch selbst hier, gerade hier in ihrer Suite, als der Champagnerkorken knallte und der im Dunklen übermächtige Lilienduft sich schwer auf meine Sinne legte, während ich dalag und mich fragte, wie es mir gelungen war, in dieses Schlafzimmer einzudringen – in die verspiegelte Ankleide, die ich aus der Ferne, von der Eingangstür aus, gesehen hatte, mit Bett und Rüschendecke, mit pelzbesetzten Hausschuhen und Seidenstrümpfen, die glatt waren wie makellose menschliche Haut –, gerade jetzt, während sie mich mit hungrigen Lippen küsste, wurde ich das Gefühl nicht los, dass etwas nicht stimmte. Wollte sie mich nur reizen? Wollte sie mich quälen, wie sie mich zuvor bereits gequält hatte?

Ich hatte nicht vergessen, dass sie mir schon oft ihren Körper gezeigt hatte, ihre Brüste und – wenn sie wie zufällig mit breiten Beinen dasaß – ihre Schenkel, die sie aufreizend mit ihren Handschuhen berührte. Wollte sie mich damit erregen, oder war das, was ich für Sinnlichkeit hielt, nur ihre Gleichgültigkeit? Besonders grausam war es, als sie sich einmal im Sitzen an mich lehnte und mit ihrer schmalen Hand auf meinem halb erigierten Penis abstützte, den sie neugierig ein wenig betastete und wie einen Griff benutzte, um sich wieder aufzurichten. Dabei hielt sie mir einen kleinen Vortrag: »Es tut mir leid, ich weiß kaum, wer Sie sind. Ich kann mir nicht vorstellen, was Sie von mir wollen. Sie scheinen mir ein ziemlich anmaßender junger Mann zu sein. Was hat Sie eigentlich geritten …?«

Sie hatte den Druck erhöht, ich spürte ihre warme Handfläche, die Finger, die jetzt in Bewegung gerieten. Es gab keine größere Folter, als diese Vortragsstimme zu hören, während sie fasziniert meinen steifen

Penis erkundete. Eine Frau, die so etwas tat, war zu allem fähig. Ich ging nicht mehr davon aus, dass wir zwingend miteinander schlafen würden, nur weil wir uns in ihrer Suite derart abgeschleckt hatten. Ich war darauf gefasst, einen weiteren Umschwung zu erleben, eine weitere bittere Enttäuschung.

Und deshalb empfand ich Hass, als ich ihr meine Liebe erklärte. Selbst als ich in ihrem geöffneten Schoß lag, verspürte ich eine Art Feindschaft. Als ich ihr ins Ohr flüsterte, war ich drauf und dran hineinzubeißen, und bei dem Satz »Ich liebe Sie« hätte ich ihr am liebsten ins Gesicht geschlagen. Ich sprach die zärtlichsten Worte mit zusammengebissenen Zähnen, und zitternd stellte ich mir vor, wie ich sie zu Boden stoßen, wie ich gewaltsam ihre Schenkel öffnen würde.

Ich glaube, sie hat es gewusst. Auch sie zitterte – vor Angst, als müsste sie in Deckung gehen. Ihr war bewusst, wie übel ich ihr nahm, dass sie mich so schlecht behandelt hatte. Ich mochte sie nicht mehr, seit sie mich gezwungen hatte, den Satz zu sagen, ich war der Bauernjunge in meinem Märchenbuch, der, wollte er die Gunst der Prinzessin erlangen, keine Wahl hatte, als sich immer wieder demütigen zu lassen. So kam es, dass der verzweifelte Wanderer auf die Knie ging und die verbotene Formel aussprach, und die Schärfe seines Hasses verschlang ihn, er hasste sich, wie er die edle Dame hasste, der er seine Lage zu verdanken hatte.

In der Sekunde meiner Niederlage – als ich den Satz »Ich liebe Sie« noch auf den Lippen spürte – hätte ich sie am liebsten zu Boden gestoßen und so lange gestreichelt, massiert und gewalkt, bis sie um Gnade gebettelt hätte. Zwar war das sexuelle Begehren noch immer da, und es war stark, aber es war umgeschlagen in etwas Düsteres und Brutales, ich suchte weniger den Sex als eine Chance, sie zu unterwerfen. Und als ich ihre Beine auseinanderschob, spürte ich nur Hass, ich spürte in tiefster Seele, was es bedeutete, ein Vergewaltiger zu sein. Endlich hatte ich sie in meiner Gewalt. Ich wollte keinen Sex im eigentlichen Sinn, ich wollte sie penetrieren mit meinem Schwanz, der eine Waffe geworden war. Ich konnte sie nicht küssen, ohne mir vorzustellen, wie ich sie beißen, wie ich sie strafen und ihre Lippen zerfetzen würde.

Ich rang um Fassung, darum, trotz aller Verstörung bei Bewusstsein zu bleiben. Sie lag unter mir, und während ich ihre Abweisung erwartete, merkte ich, wie ich die Selbstbeherrschung verlor.

Es gelang ihr, sich zu befreien. Im Halbdunkel, im Schein des Mondes und der Lichter des Orts, sah ich, wie sie Champagner in zwei hohe Flöten füllte, und ich hörte die aufsteigende Melodie des prickelnden Weins in den schlanken Gläsern, seinen schwebenden Ton.

Ihre Lippen waren schwarz im schwachen Glanz der Sterne, die Haut war grün, das goldene Haar schimmerte bläulich in dieser traurigen, schmerzhaften Nacht. Ein Gespenst mit schwarzen Spitzenhandschuhen reichte mir ein Glas, ich trank und fasste ihre Hand. Der Stoff war überraschend warm, die

Haut darunter glühte. Ich streckte die Hand nach ihr aus und strich ihr über Arme und Brüste, bedeckt von heißer Seide.

Sie war noch immer angezogen, was die Mehrdeutigkeit der Situation nur erhöhte – seltsam, all diese Kleider im Halbdunkel der Suite. Ich zweifelte einen Augenblick sogar, ob sie überhaupt bereit war, mit mir zu schlafen. Sie schien kurz davor, mich abzuweisen, als ich ihre weichen, zarten Brüste in meinen Händen hielt und mit den Daumen nach den festen Brustwarzen tastete.

Bei alldem konnte ich meine Feindseligkeit nicht verbergen. Ich packte sie am Arm wie ein wütender Vater ein ungezogenes Kind, das schon die Strafe spüren soll, die auf die Bändigung folgt. Ich handelte beinahe instinktiv, ich spürte erst, wie wütend ich war, als meine Finger sich in das Fleisch ihres Oberarms gruben, wo nichts war als hilflose Weichheit, nichts, keine Muskeln, keine einzige Faser. Jetzt wusste ich, wie schwach diese Frau war, und ihre Weichheit erregte mich. Ihre Haut war feiner, ihr Fleisch war zarter als alles, was ich bisher berührt hatte. Ich könnte hineinbeißen, dachte ich, so zart war es, ich hätte ihren Arm nehmen und dieses Fleisch essen können. Einen Moment lang war ich tatsächlich versucht, sie zu beißen, ihren Arm zu nehmen, wie man ein Stück zartes, saftiges Fleisch nimmt. Ich konnte mich nicht mehr beherrschen. Ich war kurz davor, ihren ganzen schmalen Körper in meine Hand zu nehmen und an den Mund zu führen – meine ganze Verstörung und Erregung gipfelten in dieser einen Geste, in einer einzigen, verräterischen Berührung. Ich hatte sie gepackt und war ein Vergewaltiger geworden, ein Tier, ein Kannibale.

Roch sie, wie blutrünstig ich war? Sie trat auf mich zu und küsste mich, was mich zwar keineswegs beruhigte, aber doch überraschte – denn es konnte nur bedeuten, dass sie noch erregter, noch aggressiver war als ich. Nun war sie es, die mir leicht und spielerisch in die Lippen biss. Ich wartete und ließ sie gewähren, ich hatte nicht vergessen, wie sie mich abgewiesen, wie sie nein gesagt und gleichzeitig meine Erektion betastet hatte. Ich war überzeugt, dass auch dieser Moment so enden würde, auch diesmal würde ich – weinend vor Lust – verscheucht werden.

Ich schob sie fort – drückte ihr die flache Hand ins Gesicht, den Handballen gegen den großen, nassen Mund. Sie küsste meine Hand wie ein übergeschnapptes Hündchen. Sie kämpfte und klammerte sich an mich, während ich versuchte, sie zurückzustoßen, um ihr eine Ohrfeige zu geben.

Als ich sie mit einer Hand auf Abstand halten konnte, nahm ich mit der anderen ein Champagnerglas und trank – nur um zu provozieren und zu zeigen, dass ich die Situation im Griff hatte.

Es war ein stiller Kampf: Sie stöhnte nur und wimmerte, ich sagte kein Wort, um das Personal nicht aufzuschrecken. Da sie jedes Mal, wenn ich den Griff lockerte, ein wenig zusammensackte, als wäre ihre Leidenschaft schon beinahe verflogen, erkannte ich, dass meine Brutalität sie erregte.

Eigentlich lag mir diese Grobheit gar nicht. Meine ganze Erfahrung beschränkte sich auf Mädchen, die sich begierig hingegeben hatten. Diese Frau dagegen war komplex, und sie hatte meine Wut geschürt. Natürlich schlug ich sie nicht wirklich – dazu war ich nicht imstande –, doch ich war erregt von einer Leidenschaft, die dringlich war wie blinde Wut. Und was mich gänzlich aus der Fassung brachte, waren ihre wie angedeuteten Kleider, die Schatten im Halbdunkel des Zimmers.

Wieder tastete ich nach ihr, wieder fand ich ihre Brüste. Ich liebte ihr Gewicht, die weiche, pralle Form, die steifen Nippel. Ich beugte mich hinab und begann, zu lecken und zu saugen und sogar sehr zärtlich zu beißen. Stöhnend hob sie mir die Brüste entgegen und drückte sie voller Lust in mein Gesicht.

Meine Feindseligkeit aber war noch nicht verflogen, ich traute ihr nicht und fürchtete, sie könnte mich jeden Augenblick verstoßen. Noch als sie mir ihre warmen Brüste förmlich in den Mund stopfte, war ich überzeugt, dass sie den perversen Plan verfolgte, urplötzlich aufzuhören und mich fortzuschicken mit den Worten: »Genug davon, was wollen Sie denn noch?«

Sie tat nichts dergleichen, im Gegenteil, sie wurde immer gehorsamer, williger, begieriger. Ich ging härter mit ihr um, als nötig gewesen wäre, irgendwie spürte ich, dass ich sie vollends unterwerfen musste. Ich stieß sie zum Bett und drückte sie, bevor wir es erreichten, zu Boden, und ich griff ihr unters Kleid, das mit Seidenbändern, Strumpfhaltern und allem ausgestattet war, was das alte, feminine Europa zu bieten hatte. Es war ein einziger Urwald aus bauschender Wäsche, wehender Seide, feinster Spitze. Erstaunt ertastete ich ihre große, ausgeklügelte Unterhose, und als mir klar wurde, dass ich sie nicht herunterschieben konnte, weil ich die verschiedenen seidenen Halterungen nicht zu lösen imstande war, riss ich den feinen Stoff zwischen ihren Beinen mit den Fingern auf, bis ich endlich den nassen Mund ihrer Fotze spürte, in die ich meinen dunkelroten Schwanz stieß. Ich hielt sie weiter nieder, obwohl ich längst nicht mehr zu stoppen war, mit jedem Stoß seufzte sie, als würde sie erstochen.

Wenn sie mich jetzt unterbräche … ich hätte es nicht zugelassen, es gab kein Wort für diese Kraft, die animalische Gier, die mich trieb, noch nie war ich der Grenze zur Vergewaltigung so nah gekommen. Sie könnte noch versuchen, mich zu stoppen, und tatsächlich, sie stöhnte, aber nicht aus Protest, und sie wand sich, aber nicht im Widerstand. Denn sie wollte mehr.

Im dunklen Flirren des Schlafzimmers verflog auch der letzte Zweifel, dass sie hungrig war wie ich. Sie griff nach meinem steifen Schwanz und hielt ihn fest, um mich noch tiefer in ihren Körper zu zerren, und als sie mich ganz mit ihrem Handschuh umfasste, spürte ich den Druck des feinen Stoffs in meiner Haut, die Stege und Nähte. Mein Aufschrei, als ich kam, zerriss mir fast die Eingeweide, und als ich, in allerlei Kleidern verheddert, über ihr zusammensackte, hörte ich ein dünnes, enttäuschtes deutsches »Ach ...«, das raspelnd in der Stille verhallte.

Der erste Satz, den ich in der Dunkelheit des Zimmers sagte, war: »Tut mir leid.«

Sie drückte ihre Wange an mein Gesicht, ihr Atem war so heiß, dass mir das Ohr brannte. »Ich will mehr«, flüsterte sie. Sie klang, wohl wegen der Dunkelheit und der Gier, germanischer denn je. In meinem Kopf entstand ein Bild: von einem Waldgeist, der nach Blut verlangte, mehr Blut ...

Ich aber hatte nichts mehr, das ich ihr geben konnte. Sie hielt mich eine Weile fest umklammert, schweigend, und als sie sich seufzend löste, wusste ich, dass es Zeit war für mich zu gehen.

Am folgenden Tag, golden im goldenen Sonnenlicht, unter dem Schirm ihres großen Strohhuts, waren die alten Verhältnisse wiederhergestellt. Sie hatte das Sagen und war missmutiger, trotziger noch als zuvor. Es war, als wollte sie mich quälen, aus Rache, weil sie sich mir hingegeben hatte.

»Den habe ich nicht bestellt«, sagte sie, als ich ihr den Campari-Soda brachte, um den sie gebeten hatte.

Auch Haroun bemerkte, wie widerborstig sie war, und lächelte – er schien zu wissen, was ihren herrischen Ton hervorgebracht hatte.

»Ich habe Punt e Mes gesagt. Ich trinke um diese Tageszeit nie Campari.«

Eine Lüge.

»Und glotzen Sie mich nicht so an, Sie tun ja beinahe, als würde mit mir etwas nicht stimmen. Bringen Sie mir nur den Drink und lassen Sie mich in Ruhe.«

Dieser heiße Tag, nachdem wir uns in ihrer Suite im Palazzo d'Oro geliebt hatten, war der schlimmste, elendigste, den ich bis dahin in ihrer Gesellschaft verbracht hatte. Sie war regelrecht gemein zu mir – sie war fordernd, beleidigend und unverschämt, sie erwähnte ehemalige Liebhaber und Ehemänner, enorme Geldbeträge und ausschweifende Reisen und behandelte mich, als gehörte ich einer anderen Gattung an – ein Amerikaner, wie sie nicht müde wurde zu erwähnen, ein Laufbursche eigentlich, jederzeit kündbar, der nur das Geld in der Tasche hatte, das sie mir zugesteckt hatte. Wenn sie so redete, wirkte sie auf mich nicht wie eine glamouröse deutsche Gräfin, sondern wie ein kleines, verängstigtes Kind.

»Unter welchen Umständen sind Sie eigentlich aufgewachsen? Wie haben Sie als Kind gelebt?«, fragte ich.

»Was nehmen Sie sich heraus, mir eine solche Frage zu stellen?«

So war es bei Tageslicht. Beim Abendessen war sie schon etwas entspannter. Wie immer betrachtete sie sich ausgiebig und heimlich im Spiegel des Speisesaals. Sie trug einen kleinen weißen Chanel-Hut (so erklärte sie) mit einem Hauch von einem Schleier und passenden Spitzenhandschuhen.

Nach dem Essen trank Haroun einen letzten

Schluck Kaffee und sagte: »Ich muss etwas Geschäftliches erledigen.«

»So nennen Sie das also?«, sagte die Gräfin und stützte sich divenhaft das Kinn, wobei die hübsch gespreizten Finger ein wenig ihre Wange hoben.

Haroun zog lächelnd an seiner Zigarette, er wusste, dass sie ihn nur ein wenig necken wollte, bevor sie ihm die Erlaubnis gab. Denn er hatte längst verstanden, was auch ich nun erfuhr: dass die Gräfin am Ende immer ihren Willen durchsetzte.

»Über Ihre Geschäfte möchte ich lieber nicht nachdenken«, sagte sie, »bitte erledigen Sie das woanders.«

»Selbstverständlich, Gräfin, selbstverständlich.«

»In der Oper sind die gesprochenen Worte manchmal die schönsten, wenn sie perfekt sind, entsteht danach eine lange Pause. Und dann beginnt die Arie mit diesen Worten, es ist das Volk, das sie singt: *Kleines Geschäft* …«

»Jawohl, Gräfin, danke, jawohl.«

Dann wandte sie sich an mich: »Interessieren Sie sich auch für Harrys kleines Geschäft?«

Es war eine Einladung, sich ihrem Spott anzuschließen. Doch mein Mitleid war stärker, ich antwortete nur: »Eigentlich nicht.«

»Also gehen Sie schon, Harry, gehen Sie und vergnügen Sie sich.« Ein Zucken ihres Schleiers bedeutete, dass er entlassen war.

Als wir allein waren, wusste ich nicht, was ich sagen sollte. Ich trank meinen Wein mit dem Gefühl, im Innern eines großen Vakuums zu stecken, ich fühlte mich wie ein Kind auf einer Isolierstation. Sie schob mir ihr Glas hin, in ihrer Bewegung lag etwas wie Verachtung, es war, als zögerte sie, meine Maßlosigkeit zu bedienen. Ich nahm es wortlos und trank es in einem Zug aus, es konnte nicht schaden, ein wenig betrunken zu sein. Was hatte sie vor? Wie ging es jetzt weiter?

Nach einer Weile sagte ich: »Was mögen Sie eigentlich nicht an Harry?«

Sie reagierte mit einem winzigen Tic, einem kaum merklichen Zucken von Nasenspitze und Oberlippe, wie eine Raubkatze, die von einem Insekt geärgert wird.

»Dass er schwul ist?«, sagte ich.

Sie sah mich fragend an.

»Er ist ein Sodomit.«

Sie lächelte und sagte: »Dafür, und nur dafür, habe ich Verständnis.«

»Selbstverständlich«, sagte ich, sie ahnte wohl, dass ich ihr nicht glaubte.

Sie beugte sich vor, so nah, dass ich ihren warmen Champagneratem auf meinen Wangen spürte, und sagte mit satter, zufriedener Stimme: »Ich bin nämlich auch Sodomitin.«

Ich war sprachlos, stumm, mein Hirn wie leer gefegt. Ich nahm ihre Hand, die heiß und gierig nach mir griff.

»Das Jackett gefällt mir nicht«, sagte sie, »Sie tragen immer nur das eine Jackett. Es ist viel zu dunkel.« Böses, ungezogenes Kind.

»Sie haben es mir gekauft«, antwortete ich. Das heißt, Haroun hatte es gekauft und mit dem Geld der Gräfin bezahlt. Haroun liebte es, mit dem Schneider, der sein kleines Atelier in einer Gasse hinter der Naumachie hatte, über diesen Samt und jenen Stoff zu plaudern.

»Dann muss ich Ihnen wohl ein neues kaufen.«

»Gute Idee«, sagte ich und dachte: Kein Grund, beleidigt zu sein, ich tue ihr einfach den Gefallen.

»Wir gehen gleich morgen zum Schneider. Ich möchte, dass Sie ein helles Jackett tragen, eines, das zu meinen Kleidern passt. Dieses hier passt überhaupt nicht, es ist zu auffällig.«

Wenn ein Kind etwas fordert, ist der eigentliche Wunsch oft ganz bedeutungslos, es geht nur um die Aufmerksamkeit. Selbst mit meinen einundzwanzig Jahren hatte ich das nicht vergessen, es war mir wohl präsenter als ihr.

»Sie möchten wohl meinen Schlüssel haben«, sagte sie.

Eine Idee, die mir noch gar nicht gekommen war. Ich brauchte ein paar Sekunden, um die Frage in meinem betrunkenen Kopf zu sortieren. Schlüssel, dachte ich und grinste, welcher Schlüssel? Sie grinste zurück.

Statt zu antworten – was hätte ich auch sagen sollen? –, hielt ich einfach die Hand hin. Sie schmollte, sah mich beleidigt an und klatschte mir den Schlüssel in die Hand, wo am fleischigen Handballen Bissspuren zu sehen waren, der dunkle Abdruck ihrer Zähne.

Ich war selbstbewusster in dieser zweiten Nacht, die wir in ihrer Suite verbrachten. Ich wusste, was sie wollte, und ich wusste um ihre Widersprüchlichkeit. Ich war höflicher, meine Küsse waren zärtlicher, und wenn ich sie umarmte, genoss ich die Dunkelheit, ich liebte den Stoff ihres Kleids, die zarte Haut darunter, und manchmal, wenn ich mit der Hand in einen Schlitz fuhr, fiel es mir schwer, zwischen Haut und warmer Seide zu unterscheiden.

Ich ließ mir Zeit und wartete, bis sich meine Augen an die Dunkelheit gewöhnt hatten, und als das Zimmer wärmer wurde und begann, ein schwaches, seltsam frostiges Licht zu verströmen, erkannte ich erst ihren Umriss und bald den Stoff ihres Kleids: Sie trug das grobmaschige weiße, einen Samtkragen und weiße Schuhe, die so hoch waren, dass sie beinahe so groß war wie ich. Sie hatte auch noch immer den Chanel-Hut mit dem Schleier auf, den sie seit dem Abendessen nicht abgelegt hatte, und natürlich die passenden Handschuhe. Da sie ganz in Weiß gekleidet war, konnte ich sie gut erkennen.

»Was wünschen Sie sich?«

»Wie können Sie so etwas fragen?«, antwortete sie scharf.

Wir küssten uns. Meine Hände erkundeten zärtlich das Kleid.

»Ich habe alles, was ich brauche. Und Sie wagen es, mir eine solche Frage zu stellen?«

Sie stieß mich fort, so überraschend, dass ich beleidigt und verärgert reagierte. Mit einem schnellen, reflexartigen Griff schnappte ich ihr Handgelenk und hielt sie fest – fester, als ich eigentlich vorhatte. Sie leistete keinen Widerstand, sie glitt zu Boden, bevor ich sie freigeben konnte, und als ihr Hut und Schleier erst meinen Bauch und dann die Hose streiften, als sie schließlich vor mir kniete, musste ich immerzu an den scharfen Stahlspieß denken, mit dem sie ihren Kopfschmuck so sicher befestigt hatte, dass er sich dabei nicht löste.

Ich hielt sie noch immer fest, mein Griff an ihrem stoffbedeckten Handgelenk war sicher. Ich führte ihre Finger an die Schwellung meiner Hose und begann mich mit ihnen zu reiben. Schon hatte sie mit der freien Hand geschickt den Reißverschluss geöffnet und meinen Schwanz herausgezogen, den sie sofort in den Mund nahm. Die Hitze, die geschäftige Zunge, die Hand an meinem geschwollenen Glied, der weitmaschige Stoff an ihren Fingerspitzen – ich hielt ihren Kopf, ihren Hut, ihren Schleier, ich wühlte im Brokat und drückte immer fester, und immer gieriger, immer schneller blies sie mich und rieb mich mit den Handschuhen, bis ich wund war von der weißen Spitze. Ich kam, leider zu früh, und spritzte in einer ganzen Serie von unwillkürlichen Zuckungen. Ich stieß mein Glied gegen ihr Gesicht und immer wieder in ihren Mund, bis der milchige Schleim Gesicht und Hände und selbst ihren Schleier bedeckte.

Als ich sah, wie ich die hübschen Handschuhe und den Schleier zugerichtet hatte, begann ich mich in dem seichten, knisternden Ton eines Mannes zu entschuldigen, der gerade einen Orgasmus hatte. Sie aber hörte mir überhaupt nicht zu, sie leckte an ihren Handschuhen und an dem Schleier wie ein kleines Mädchen, das die letzten, süßesten Tropfen eines Sirups von den Fingern schleckt.

Ich hatte sie nur kurz berührt, was ihr offenbar genügte.

Ich musste lächeln, als sie am folgenden Tag wieder schlecht gelaunt war – sie spielte eine Rolle, ihr Stimmung war vorhersehbar. Ich wusste, warum sie so grausam war: Sie reizte mich, damit ich sie später in ihrem Zimmer umso stärker dominieren und zur Sklavin machen konnte. Es war nur ein harmloses Rollenspiel, und deshalb war es perfekt. Ich war niemals wirklich bösartig, ich war immer nur bis zum Äußersten erregt. Je grausamer sie tagsüber zu mir war, desto besser konnte ich ihre Grausamkeit in der Nacht nachahmen – es war nicht schwer, meine Leidenschaft in feurigen Zorn zu verwandeln.

Ihre Haut war unwiderstehlich zart in der Dunkelheit und wegen dieser Dunkelheit, die sie noch zarter machte. Ich hechelte und sabberte wie ein Löwe, wenn sich der Duft ihres Lilienparfüms mit dem Katzengestank ihrer heißen Fotze vermischte, wenn feuchtes Fell und heißes Blut die Nase quälten. Noch immer konnte ich nicht ertasten, wo die Seide aufhörte und ihre nackte Haut begann, und die Komplexität ihrer Schamlippen wirkte auf mich wie ein weiteres Stück Seidenwäsche, das sie angezogen hatte, damit ich es streicheln konnte. Im Schein der Straßenlaternen von

Taormina, im Schein des pockennarbigen Mondes betete ich ihren Körper an.

Sie mochte lieber Dunkelheit als Licht, lieber Boden als Bett, lieber Schweigen als Sprechen, lieber meine harte Hand als meine zärtliche, lieber Kleidung als Nacktheit. Ihre Hingabe war die einer Dienerin, nicht einer Geliebten. Sie kniete nieder, betete meinen Schwanz an, fasste ihn mit ihren Handschuhen und nahm ihn in den Mund, und wenn ich kam, schrie sie lauter als ich, und wenn ich ihr Gesicht vollspritzte, schleckte sie gierig mit der Zunge danach. Einmal, als sie mich so befriedigt hatte, kniete ich vor ihr nieder und berührte sie zwischen den Beinen, und sie war so nass, dass meine Finger tief in den heißen Falten ihres Fleisches, in ihrem großen, geweiteten Loch versanken, als wollte sie mich verschlucken.

Wenn sie tagsüber gebieterisch auftrat und voller Missmut war, wenn ihre Launen unberechenbar und ihre Worte bitter, regelrecht beleidigend waren, wenn sie sich schließlich abwandte, um mir ein abschätziges, gleichgültiges Profil zu zeigen, dann wusste ich, dass sie sich danach sehnte, nach Sonnenuntergang in ihre Suite geführt zu werden, um vor mir auf dem Boden zu knien, bis ich meinen Schwanz herauszog und ihr befahl, ihn in den Mund zu nehmen. Und wenn ich dann fertig war, hatte sie meistens noch nicht genug, und sie lutschte und schleckte einfach weiter.

Ich konnte alles erkennen, ihre Nackenmuskeln und Sehnen, die zuckende Kehle, ich sah es und war von ihrem Hals so fasziniert wie an jenem Tag, als sie sich abgewandt und den Wein getrunken hatte. Nichts war schöner für mich, als ihr zuzusehen, wenn sie zügig, aber nicht hastig schluckte wie eine durstige Kannibalin, die ihr Opfer bis zum letzten Tropfen aussaugt.

So verbrachten wir die Sommertage im Palazzo d'Oro, in Taormina blühten wir auf, und als die Abende schon kühler wurden, schien es, als würde die Tageshitze umso intensiver. Immer wieder fragte ich mich, wie weit sie mit mir gehen wollte, auch nach Tagen und Wochen blieb mir vieles rätselhaft. Erst durch die Gräfin begann ich zu verstehen, dass jede Frau anders ist.

Nichts von meinen sexuellen Erfahrungen hatte mich auf diese Frau vorbereitet. Und während sie vor Kraft und Gesundheit beinahe strotzte, zeigten sich bei mir die ersten Ermüdungserscheinungen. Ihr Appetit war weitaus größer als meiner.

Die Saison in Taormina ging ihrem Ende entgegen, die letzten Sommergäste reisten ab. Wie jedes Jahr erwartete man für den Herbst eine große Anzahl älterer Gäste, die der Hoteldirektor schlicht als Engländer bezeichnete: *gli Inglesi*.

»In ein paar Tagen ist *partita*«, erklärte die Gräfin eines Tages, ich wusste, dass sie an dem Fest, das zum rituellen Leben des Palazzo d'Oro gehörte, in früheren Jahren durchaus teilgenommen hatte.

Als es so weit war, versammelten sich die Langzeitgäste und ließen sich von den Touristen, die nur wenige Tage blieben, bestaunen. Eigentlich war es eine kleine, intime Veranstaltung, wie ein Familienfest, zu dem die einen geladen waren und die anderen eben nicht. Die Tischgruppen blieben mehr oder weniger unter sich, es traten aber aus Höflichkeit – denn man fühlte sich doch auch wie eine Familie – immer wieder männliche Gäste näher, um die Gräfin zum Tanz aufzufordern.

Sie trug ein Abendkleid, das ich noch nicht kannte, und schwarze Handschuhe, die beinahe bis zu den Ellenbogen reichten, dazu einigen Schmuck und hohe Stöckelschuhe. Das Haar, in dem ein Diadem steckte, fiel in Ringellocken herab, die Beine waren schlank und gerade. Sie war von Natur aus glamourös, schöner und eleganter hatte ich sie noch nicht gesehen.

»Sie ist so glücklich«, sagte Haroun und warf mir einen dankbaren Blick zu. Er war sogar noch glücklicher. Er strahlte sie an, während ich mich fragte, wie es mir gelungen war, so vollständig über diesen Körper zu verfügen, über diese wunderschönen Beine, die vor mir niederknieten, und das heitere, stille Gesicht, in das ich meinen Schwanz steckte.

Die Gräfin weigerte sich, mit mir zu tanzen, und ich wagte nicht, eine andere Dame aufzufordern. Sie tanzte beherzt mit einem Italiener (»Er ist ein Fürst«, erklärte Haroun), dann, etwas ruhiger, mit einem älteren deutschen Herrn, der immer allein an seinem Tisch saß und immer die Gräfin im Auge behielt, besonders, wenn ich ihr Gesellschaft leistete.

»Wer ist das?«

Haroun antwortete mit einem Lächeln.

»Sagen Sie schon, Harry.«

»Ich wüsste nicht, wo ich anfangen sollte«, sagte Haroun und bedeutete mir mit Augen, Mund, Fingern und Schultern – praktisch mit seinem ganzen Körper –, dass die Sache äußerst kompliziert war. »Ihm gehört eine *fabbrica.*«

»Was für eine *fabbrica?*«

Wieder diese hilflose Geste: »Viele.«

Sie tanzte mit dem tiefgebräunten, etwas zu elegant gekleideten Mann vom Nachbartisch *(»Greco«)* und schließlich sogar mit einer Frau, die in einem streng geschnittenen Anzug steckte. Die Gräfin tanzte verführerisch, mit über den Kopf gestreckten Armen, eine Puppenspielerin, die behutsam die Hände ihrer Partnerin nahm, um sie in eine Pirouette zu führen, und wenn sie mich im Spiegel entdeckte, warf sie mir einen lustvoll missvergnügten Blick zu.

Als das Fest zu Ende ging, kam das Personal, um ihr zu danken. Es war die überschwängliche italienische Dankbarkeit, die bekanntermaßen nie umsonst ist. Der Weinkellner mit einer absurden Schlüsselkette und *cavatappi*, der fette, schweißtriefende Kellner, der hübsche Junge an der Bar, der herumschleichende *Moro* – jeder bekam sein Trinkgeld. Sie winkte mit großen italienischen Scheinen, bis sie lachend und keifend wie Schimpansen danach schnappten. Nun war das Küchenmädchen an der Reihe – ausgesprochen hübsch, vielleicht achtzehn Jahre alt. Griffin kniff ihr in die Wange, küsste sie leidenschaftlich auf den Mund

und machte – ein erstaunliches Bild – einen Knicks. Hier verbeugte sich eine Gräfin vor einer einfachen Bediensteten, die beschämt das Geld in den Händen hielt, das man ihr gereicht hatte. Selten hatte mich etwas derart erregt wie dieser Anblick.

Das Geld verteilte allein die Gräfin, ich war also quasi entmannt. Noch während ich die Szene beobachtete, drängelte sich neben mir die Frau im Anzug durch, um einen weiteren Tanz zu ergattern.

Die Gräfin provozierte mich mit kaltem Blick und riesigen Nüstern, Haroun, der den Ausdruck kannte, hielt es für das Beste, sich zurückzuziehen.

»Harrys kleine Geschäfte«, sagte sie, »und was ist mit Ihnen?«

Wenn ich nicht längst verstanden hätte, dass hier ein Spiel gespielt wurde, ein altbekanntes Ritual, hätte ich mich wütend davongemacht.

»Wir sind mit unserem noch längst nicht fertig«, sagte ich.

Ich trat auf sie zu, sie schreckte zurück und sah mich ängstlich an.

Ich legte mein Gesicht an ihre hellen Locken, fand ihr Ohr und flüsterte: »Geh in dein Zimmer und warte auf mich.«

Hastig und voller Gier verließ sie die *partita*, und als ich ihr folgte, warf mir die Frau im Herrendress einen bitterbösen Blick zu. Ich trat ins Zimmer und schloss hinter mir ab. Sie trug noch immer ihr Diadem und das elegante Kleid und kniete mit dem Rücken zur Tür auf dem Boden. Die langen, spitzen Absätze der eiskalten Frau waren wie Waffen auf mich gerichtet. Ich kniete mich hinter sie, nahm Kleid und Unterrock zusammen, schob sie hoch und fasste ihre Hüften.

»Hund! Hund!«, jauchzte sie auf Deutsch.

6

Das haben Sie wirklich meisterhaft gelöst«, sagte Haroun. »Sie sind ein solches Genie, dass Sie mich an mich selbst erinnern.«

»Sehr freundlich, Harry.«

»Aber warum lachen Sie denn nicht? Freuen Sie sich doch!«

Das Lob für das Vollbrachte beschämte mich, besonders, da es von Haroun kam. Außerdem meldeten sich erste Zweifel, ob ich es gewesen war, der sich durchgesetzt hatte, oder die Gräfin.

»Danke«, sagte er, sah mir tief in die Augen und klopfte sich mit der rechten Faust auf die Brust, eine kumpelhafte Geste der Aufrichtigkeit, die ich bei Männern aus dem Nahen Osten gelegentlich gesehen hatte. Ich ging davon aus, dass er mir für seine Befreiung dankte, für die Gelegenheit, die Gassen der Stadt an den Abenden allein zu erkunden. Denn nun war ich für die Gräfin zuständig.

Sie war willig, unterwürfig, hungrig nach Sex – ich hatte so etwas noch nie erlebt. Ich wäre mir wie ein

Vergewaltiger vorgekommen, wenn die Gräfin nicht so enthusiastisch gewesen wäre. Es war aufregend, dass sie mir mit offenem Mund zu Diensten war, und es erregte mich immer wieder von neuem, wenn sie mich mit einem hoffnungsvollen »Hast du etwas für mich?« anlächelte oder mir mit germanischer Strenge auf den Handrücken tippte, um mich aufzufordern. Sie erst lehrte mich, wie krankhaft ungeduldig reiche Leute sein können. Wenn sie etwas begehrte, war sie nervös und zornig, bis sie es bekam. Manchmal tippte sie mich mit dem Finger an, und es war, als drückte sie auf einen Startknopf.

Sie nuschelte ein halblautes, schludrig-feuchtes *Schlüssel* – ich lernte in dieser Zeit einige deutsche Wörter, denn sie führte beinahe immer eines im Munde – und schob mir ihren hin. Ich ging vor in ihre Suite. Auch nach Einbruch der Dunkelheit, auch im Kerzenschein, blieb sie immer wenigstens teilweise bekleidet, nur ihre Seidenwäsche schaute hier und da hervor, winzige Spitzenbänder in hellen, fahlen Farben – Rosa und Lavendel –, der kurze hautfarbene Slip. Selbst die aufsehenerregenden Schuhe zog sie nicht aus, und deshalb auch die Seidenstrümpfe nicht, die Strumpfhalter, Gurte und Bändchen, die schöner waren als ihre Umständlichkeit vermuten ließ, und sinnlicher als vollkommene Nacktheit.

Die Kleidung machte sie nur noch attraktiver, sie betonte ihren schmalen Körper, der nur hier und da zum Vorschein kam. Wenn wir uns liebten, war ihre Kleidung am Ende immer klamm und in einer Weise verwüstet und verknotet, die mir, wenn ich im Triumph über ihr stand, außerordentlich gut gefiel. Sie selbst allerdings war alles andere als verwüstet, und ich war weit entfernt von einem Triumph, im Gegenteil: Sie war wiederhergestellt, während ich hilflos war.

Sie war körperlich viel stärker, als ich gedacht hatte. Wenn ich fertig war, sagte sie oft: »Ich will dich noch einmal – noch einmal, jetzt sofort.« Natürlich war es mir unmöglich, der Aufforderung zu folgen. Vielleicht sagte sie es gerade deshalb, weil sie wusste, dass ich zu einer Wiederholung nicht imstande war. Teilte sie mir auf diese Weise mit, dass sie mich in der Hand hatte? Forderte sie mich heraus? In meiner Jugend hatte ich eine Zeit lang Phantasien gehabt, dass so etwas schön sein könnte. Es war allerdings anstrengender, als ich mir vorgestellt hatte, denn nach einiger Zeit war sie es, die den Sex verlangte, nicht ich. Sie schickte nach mir, sie suchte mich, sie schaltete mich ein wie einen Automaten und grinste böse. Und ich hatte wegen unseres besonderen Verhältnisses – sie zahlte das Zimmer, nicht Haroun – keine Wahl, als ihr immer zur Verfügung zu stehen.

»Wo waren Sie?«, fragte sie zum Beispiel.

»Hier bin ich.«

»Ich warte schon seit einer Stunde.«

Wenn sie mich so zurechtwies, musste ich besonders fügsam sein, nur so war sie bereit, sich ihrerseits zu unterwerfen: Die Logik war pervers und absehbar. Es gelang ihr, mich durch ihre gespielte Unterwürfigkeit völlig zu erschöpfen, ihre heisere, blaffende Erotik war eine Form von Dominanz. Ich diente ihr, nicht umgekehrt. Wenn sie auf allen vieren war und Wau-Wau machte, war sie die Herrin, die den Hund nachahmte. Ich war das folgsame Haustier, das die Gräfin auf Befehl besprang. Sie war noch immer die Herrin, und ich war ihr Hund. Und wenn ich nicht die große Dogge spielte, die sie von hinten nahm, dann war ich ihr braves Schoßhündchen.

Durch den sexuellen Appetit und die Beharrlichkeit wirkte sie viel jünger – jünger als ich und stärker, sinnlicher, leidenschaftlicher, kindlicher, perverser, freier. Sie war beinahe unbeherrschbar. Ich scheute ihre Aufforderungen nicht, aber nach einer Woche musste ich mir eingestehen, dass unsere Stimmung nur selten zueinander passte. Das war zwar unangenehm, ich durfte mich aber nicht entziehen: Ich gehörte ihr.

Wir teilten nur den Sex miteinander, der mir gut gefiel. Doch das genügte mir nicht. Wir sprachen nur noch selten miteinander, zu einem richtigen Gespräch kam es nie. Sie las nicht, sie interessierte sich nicht für die Gegend, sie konnte mit den Italienern nichts anfangen, die sie verächtlich als Gauner und *Äffchen* bezeichnete.

»Ich mag Taormina, es gibt hier so wenige Italiener«, war einer ihrer Lieblingssprüche.

Sie war eine reine Sinnlichkeitsfanatikerin, und sie verlangte das Gleiche von mir. Aber wie denn? Da man Sinnlichkeit nicht vortäuschen kann, hatte ich keine Chance, sie vollkommen zu befriedigen. Wir waren am Ende nicht mehr als zwei Wesen, die sich in der Dunkelheit begrapschten. Einige Wochen zuvor, als wir noch seltsame, aber lehrreiche Ausflüge zum Olivengut machten oder Kleidung kauften oder – als Haroun noch dazugehörte – zu dritt zu Abend aßen, hatten wir auch einige interessante Gespräche geführt. Wir hatten über Reisen, Politik, Musik und Essen gesprochen – ihre Reisen, ihre Politik und ihre Vorlieben. Auch wenn sich in diesen Gesprächen alles um sie gedreht hatte, waren es immerhin Versuche eines höflichen Umgangs gewesen, die mir geholfen hatten, sie ein wenig besser zu verstehen. Jetzt verbrachten wir die Tage schweigend, in einer merkwürdigen, schwül-heißen Atmosphäre sexueller Erwartung. Ich langweilte mich, sie war ungeduldig, wir waren den Tag über jeder in seiner eigenen Welt, bis wir nach Sonnenuntergang unser Spiel aufnahmen. Und schon lag sie wieder auf dem Boden ihres Zimmers, ließ sich von mir würgen und krächzte: *Hund! Hund!*

Der Satz »Ich liebe Sie« kam mir nicht mehr über die Lippen. Unsere anfängliche Vertrautheit schwand, die Gräfin wurde mir von Tag zu Tag fremder. Der Sex hatte sie zu einer Fremden gemacht.

Wenn sie etwas von mir wollte, signalisierte sie es mir oft mit einer winzigen Kopfbewegung, die die Ringellöckchen an ihren Ohren zum Tanzen brachte. Wenn sie mir ein Zeichen gab, so tat sie es nicht mit der ganzen Hand, sondern mit einem einzigen Finger. Manchmal machte sie etwas mit ihren Lippen, das aussah, als würde sie sie nach außen stülpen – es bedeutete: »Jetzt!« Manchmal prüfte sie nur meinen Gehorsam, sie rief »Komm!« und sprach mit mir wie mit einem abgerichteten Hund. Dann stand ich auf, weil ich keine Wahl hatte, und folgte meiner Herrin, die mit dem Schwanz wedelte. »Mir nach«, sagte auch ihr restlicher Körper, wenn er derart in Bewegung geriet, besonders die hüpfenden, lockenden Pobacken.

»Ach«, seufzte sie, wenn wir fertig waren, ein germanisches, postkoitales Krachen mit drei oder mehr Silben. Es war beinahe das einzige Wort, das sie in diesen Tagen sprach. Sie lag auf dem Boden wie eine Besiegte, mit einem Clownsmund aus verschmiertem Lippenstift, mit wild zerzaustem Haar und zerrissener Kleidung – und grinste satt und triumphierend.

Die Feindseligkeit, die sich im Laufe eines Tages in mir anstaute – ein loderndes Gefühl der Wut, das sie bewusst zu provozieren schien –, entlud sich, sobald wir uns in ihrer Suite verbarrikadiert hatten. Die Tür hatte zwei Schlösser, was sich bald als nützlich erwies, denn als ich sie einmal besonders hart von hinten nahm, klopfte es an der Tür und eine besorgte Stimme fragte: »Contessa …?«

Die Gräfin unterbrach ihr flehendes Stöhnen und stieß ein scharfes *Via!* aus – Hau ab! –, worauf sie unmittelbar wieder unterwürfig wurde und wir unser lautes Geschäft fortsetzten. Während sie draußen die herrische, launische Gräfin spielte, war sie in ihrer Suite ein kauerndes Bauernmädchen, das bettelnd vor mir kniete und meinen steifen Schwanz hielt, den sie grunzend vor Glück abschleckte.

Wenn sie einen besonderen Wunsch hatte, bat sie mich nie direkt darum. Sie bevorzugte die Methode des paradoxen Verbots wie ein Kind, das strahlend und atemlos ruft: »Wehe, du fängst mich! Wehe, du kitzelst mich!«

Die Vorschläge der Gräfin waren allerdings direkter: »Mach, was du willst, aber geh bloß nicht an die Schublade da, wo das Hundehalsband und die Leine liegen. Sonst muss ich es am Ende noch tragen, dann machst du mich zur Hündin und zwingst mich, dich zu lecken! Und ich muss mich wieder bücken und warten, bis du mich von hinten nimmst wie eine mächtige Dogge …«

Sie schob einen ganzen Haufen Teppiche und Decken zusammen, um ihre Knie zu schützen, denn die Lieblingsposition der Gräfin war nun einmal auf allen vieren, und zwar so, dass sie den Kopf aufs Sofa legen und ihre Schreie in die dämpfenden Kissen pressen konnte. Es war wohl besser, das Personal nicht unnötig in Besorgnis zu versetzen.

Manchmal drehte sie sich um wie ein Hund, der gekrault werden möchte, ging aber gleich wieder in Deckung und rief ihr deutsches *Nein!*, während sie ihr seidig umflattertes Geschlecht mit der krallenden Hand schützte.

Ich leckte sie, ich packte ihre Taille und fickte sie, ich schnüffelte an ihrem Hintern wie ein Spaniel – ein bissiges Tier, denn sie hatte mich den ganzen Tag gedemütigt. Ich war die gefolterte Kreatur, der Hund, der seine eigene Herrin anfällt – nur dass die Herrin genau dies im Sinn hatte.

Mein letzter Widerstand war gebrochen, mir fehlte schlicht der Wille. Und deshalb verdrückte ich mich immer öfter, ich streunte herum und mied das Hotel. Lieber schlenderte ich durch die Gassen von Taormina. So begegnete ich ihr tagsüber nur selten, es war, als wollte ich an meine nächtlichen Verpflichtungen nicht erinnert werden. Haroun ließ sich überhaupt nicht mehr blicken. Ich vermutete, dass er einen Freund gefunden hatte. Ich war jetzt der Einzige, der der Gräfin Gesellschaft leistete.

Drei Wochen nach meiner Ankunft war das Verhältnis zur Gräfin zerrüttet. Ich ging ihr aus dem Weg und versuchte mir parallel zum Palazzo d'Oro ein Leben im Ort aufzubauen. Ich freundete mich mit einigen Ladenbesitzern an. Sie nannten mich Gil und hatten immer Zeit für ein Schwätzchen über das Wetter, die örtliche Fußballmannschaft, einen Boxkampf in Palermo. Wenn ich Amerika erwähnte, riefen sie immer »Jack Kennedy!«, ansonsten hielten sie sich vorsichtig zurück. Anfangs hatten sie mich für einen Deutschen gehalten. Da sie die Deutschen nicht mochten, behandelten sie mich zwar freundlich, aber eher aus Höflichkeit. Denn für Touristen, die nach Taormina kamen und Geld ausgaben und Trinkgelder verteilten, machten sie gern eine Ausnahme. In Italien war es ohnehin üblich, dass man immer gerade »die anderen« nicht mochte.

Meine gesamte Kleidung stammte von einer Herrenboutique in der Viale Nolfi, einer auf den Corso stoßenden Gasse. Die Gräfin und Haroun hatten mich von Kopf bis Fuß im teutonischen Stil eingekleidet: spitze Schuhe, Sportblazer, schmal geschnittene Hose, Rollkragenpullover, Strick-Polo, Seidenanzug. Die Ausstattung mochte zu einem deutschen Touristen passen, der etwas auf sich hielt, an mir aber wirkte sie nicht nur elegant, sondern beinahe formell. Der Anzug wurde schnell schmutzig, die dünnen Schuhsohlen eigneten sich nicht für das Kopfsteinpflaster von Taormina, Rollkragen und Hose waren zu eng. Ich sah aus wie ein Dandy – was, wie ich fand, überhaupt nicht zu mir passte. Doch die stolze deutsche Gräfin wünschte, dass ich wohlhabend aussah und – ihren Vorstellungen gemäß – eine gute Figur machte. Außerdem war die Ausstattung ein Schritt gewesen auf dem Weg der vollständigen Aneignung. Ich sah aus wie ein neureicher Geck, was ich erst bemerkte, als es mir gelang, mit Italienern ins Gespräch zu kommen, die bereit waren, ein Auge zuzudrücken.

Die Kellner von Taormina allerdings liebten Touristen, wie ich einen darstellte, denn wir blieben lange sitzen, rauchten und vertrieben uns die Zeit, und wenn wir uns langweilten, gaben wir Geld aus, brachten sie zum Lachen und gaben ihnen großzügige Trinkgelder. Eines Tages saß ich im Mocambo, einem bevorzugten Zufluchtsort, den ich vor allem deshalb frequentierte, weil mich die Kellner namentlich begrüßten, als mich eine junge Frau auf Italienisch ansprach. Ich hielt sie für eine Studentin, eine Französin vielleicht – sie hatte einen Akzent –, auf jeden Fall war sie eine Touristin. Sie hatte eine ausgebleichte Tasche und einen Stadtplan bei sich, trug Wanderkleidung, dazu ein schlichtes Kopftuch, das ihr ein ländlich-frisches Aussehen verlieh, gleichzeitig aber auch chic war. Als sie mich ansprach, driftete ein Kellner herüber, um dem Gespräch zu lauschen.

Die junge Frau suchte eine günstige Übernachtungsgelegenheit, sie sagte: *»Scusi, signore, cerchiamo una pensione qui non più caro.«*

Gleich mischte sich der Kellner ein: *»Benvenuto, signorina. Vieni a casa mia. C'è libero.«*

»Nothing is free«, sagte sie in einem derart scharfen Ton, dass Mario, der gedemütigte Kellner, sich mit einem albernen Lachen verdrückte.

»Taormina ist leider sehr teuer«, antwortete ich, »wie lange möchtest du denn bleiben?«

»Ich möchte mir das Teatro Greco ansehen, den Duomo und das Wohnhaus von Lawrence.«

»Lawrence hat in der Via Fontana Vecchia gewohnt«, sagte ich und zitierte aus dem Gedächtnis: »Eine Schlange kroch an meinen Wassertrog, an einem glühend heißen Tag …«

»Ich mag es, dass er wie ein ›König im Exil‹ wirkte, ›ungekrönt in seiner Unterwelt‹. Du bist Amerikaner … Aus welcher Gegend kommst du denn?«

»Lange Geschichte.«

»Ich studiere am Wellesley College, aber ich bin eigentlich aus New York.«

»Aus der Stadt?«

»Nein, aus dem Norden, vom Land.«

»Ich habe gerade mein Studium in Amherst beendet.«

»Oh, ich kenne eine Menge Leute dort«, sagte sie, setzte sich an meinen Tisch und nannte einige Namen. Ich wusste zwar, wer diese Leute waren, hatte aber nichts mit ihnen zu tun. »Und seit wann bist du in Taormina?«

»Seit gut zwei Wochen.« Ich wollte nicht bekennen, dass es schon beinahe vier waren, denn ich hatte das Gefühl, meine Zeit mehr oder weniger vertrödelt zu haben. »Ich bin auch nur hergekommen, um das Haus von Lawrence zu sehen.«

»Ich liebe dieses Gedicht.«

»Studierst du Literatur?«

»Nein, Kunstgeschichte. Ich wohne in Florenz, das Auslandsjahr ist Teil des Studiums. Eigentlich bin ich die ganze Zeit unterwegs. Ich habe mir gedacht, ich sehe mich hier ein wenig um und fahre dann weiter nach Siracusa.«

»Da wollte ich auch die ganze Zeit hin, ich bin nur noch nicht dazu gekommen.«

»Du bist schon zwei Wochen hier und warst noch nicht in Siracusa? Was hält dich denn in Taormina?«

»Lange Geschichte«, sagte ich wieder. *»La Dolce Vita …«*

»Männer haben es so viel besser«, sagte sie, »in Italien bin ich schon eine Hure, wenn ich allein durch eine Stadt gehe, um mir für meine Abschlussarbeit ein paar Gebäude anzusehen. Der Kellner war ziemlich typisch. Das ist der Grund, warum ich immer weiterziehen muss.«

»Vielleicht könnten wir zusammen nach Siracusa fahren.«

»Genau das ist es, was diese Kerle immer sagen.«

»Also, um dich zu beschützen, meine ich, um dazwischenzugehen, wenn es nötig wird.«

»Mal sehen, vielleicht reden wir noch einmal drüber«, sagte sie freundlich.

Als sie die Sonnenbrille abnahm, war es, als zöge sie die Linsen von den grauen Augen ab wie eine Folie. Dann löste sie das staubige Kopftuch und schlug es aus, während sie ihr schulterlanges Haar schüttelte. In den Strähnen spielte das Sonnenlicht, ihr schmaler Körper war leicht verschwitzt: Sie war gewandert.

Sie gefiel mir sehr gut, ich mochte ihre spontane und selbstständige Art. Vor allem gefiel es mir, dass wir dieselbe Sprache sprachen. Ich hatte mich so daran gewöhnt, mit den Kellnern italienisch zu sprechen und mit der Gräfin und Haroun ein sehr einfaches Englisch – ich beendete jeden meiner Sätze und sprach sehr langsam und deutlich –, dass ich beinahe vergessen hatte, wie angenehm es war, ein einfaches Gespräch mit einer Amerikanerin zu führen. Ich hatte das Gefühl, auf eine Schwester, eine Verwandte gestoßen zu sein – und begann mich zu erinnern, wer ich wirklich war.

»Ich dachte, du bist vielleicht Deutscher«, sagte sie. »Diese Schuhe. Dieses Jackett. So sehen die aus. Ich weiß das, ich interessiere mich für Mode. Einen Amerikaner erkennt man aus einer Meile Entfernung, aber bei dir habe ich mich getäuscht. Gar nicht schlecht.«

Die Gräfin und Haroun hatten mich zu einem Deutschen gemacht. Mir gefiel der Gedanke, unentdeckt zu bleiben, aber die deutsche Identität passte mir nicht.

»Ich habe hier ein paar deutsche Freunde.«

»Die Italiener können die *Tedeschi* nicht ausstehen.«

Eine forsche, etwas vorschnelle Interpretation, dachte ich irritiert. Es stimmte zwar, dass die Italiener die Deutschen nicht sonderlich mochten, aber von Hass oder Widerwillen konnte keine Rede sein. Die Italiener waren zu sehr mit sich selbst beschäftigt, um irgendjemanden zu hassen – ihre Vorurteile waren ländlich, wie ihre Weisheit ländlich war. Statt ihr dies zu erklären, fragte ich sie nach ihrem Namen – sie hieß Myra Messersmith – und bestellte ihr einen Kaffee.

»Gilford Mariner, nenn mich einfach Gil.«

Wir unterhielten uns in dem vertrauten, leicht verlegenen Ton, der zwischen Amerikanern im Ausland üblicherweise herrscht. Nach einer Weile bemerkte ich, wie unzufrieden ich mit meinem Leben war. Wir sprachen über die Missstände im Land – ein klassisches Thema unter amerikanischen Touristen –, bemängelten die unregelmäßigen Öffnungszeiten der Cafés, der Banken, Geschäfte und Museen. Wir sprachen über die Wachsamkeit der Männer und die Neugierde der Frauen, über den Müll, der die Landschaft verschandelte, den Lärm der Motorroller, die winzigen

Autos, die ewig langen Mahlzeiten, die launischen Schaffner, die langsame Bedienung, den schändlichen Umgang mit Tieren, das Anhimmeln der Babys, die Langeweile an Sonntagen, die Merkwürdigkeiten des akademischen Betriebs, die Pedanterie der Lehrer, die Blasiertheit der Priester.

»Wer nur den geringsten akademischen Abschluss hat, nennt sich gleich *dottore*.«

»Die Priester glotzen mir in den Ausschnitt und versprechen, mir persönlich den Weg ins Paradies zu ebnen.«

»Alle rauchen – selbst ich!«

Und so ging es immer weiter. Wir verglichen unsere Erfahrungen, und es schien, als wären wir uns überwiegend einig.

Nach einer Weile fragte sie: »Was kostet denn dein Hotel?«

Die Frage überraschte und beschämte mich. »Das kommt darauf an, wie lange du bleiben willst«, sagte ich, um Zeit zu gewinnen.

»Ein paar Tage vielleicht, dann könnten wir nach Siracusa fahren.«

»Es ist überhaupt nicht weit, die Fahrt dauert nur ein paar Stunden. Es ginge sogar als Tagesausflug.«

Wir sprachen darüber, als hätten wir uns schon für einen gemeinsamen Ausflug entschieden. Die Vorstellung, mit diesem hübschen Mädchen, mit dem ich mich gerade so gut unterhielt, Taormina zu entfliehen, freute und tröstete mich. Meine innere Anspannung begann sich zu lösen.

»Ich verstehe schon, warum du hiergeblieben bist. Die Stadt ist so wunderschön. Das ist also der Ätna?«

Der formschöne Vulkan entließ eine schmale Rauchfahne, die wie ein zerschlissenes Seil, eine dunkle Liane geradewegs in den windstillen Himmel aufstieg.

»Das Ding kann jeden Moment in die Luft fliegen.«

Myra lachte, fasste sich an die Kehle und rief: »Melodramatisch, wie toll! Oh, stimmt, ich kann die glühend rote Lava sehen, die den Hang hinabläuft, wir sind in Gefahr!«

»Ich würde dich in Sicherheit bringen – in den Katakomben des Duomo.«

»Mensch, Gil, das klingt ja richtig aufregend.«

Als wir uns gegenseitig so aufzogen, flirteten wir bereits miteinander, wir sprachen schon davon, was »wir« unternehmen würden. Ich spürte, dass sie mich mochte. Sie hatte keine Angst vor mir. Sie freute sich, dass sie mir begegnet war. Sie würde mich noch ein wenig prüfen, und ich würde diese Prüfung bestehen, und wir konnten beginnen, Arm in Arm Sizilien zu erkunden.

Während ich mich so mit Myra Messersmith unterhielt und sie beinahe zärtlich ausfragte, wurde sie auf etwas hinter mir aufmerksam. Sie hörte mir nicht mehr zu. Ihr Blick folgte einem beweglichen Objekt und wurde zusehends misstrauischer, auf ihre Miene fiel ein Schatten, als hätte sie etwas Furchtbares erblickt. Sie zuckte zurück, erschrocken, und im selben Moment stieß mir etwas ins Schulterblatt, und eine

Frau mit starkem deutschem Akzent zischte: »Kommen Sie mit.«

»Was war denn das?«, fragte Myra.

Ich sah der Gräfin hinterher, die sich vom Tisch entfernte.

»Lange Geschichte.« Die Gräfin war noch nie im Mocambo gewesen.

»Das sagst du jetzt schon zum dritten Mal.«

»Für mich ist alles eine lange Geschichte, ich bin Existenzialist.«

Aber Myra lächelte nicht mehr. Sie grübelte. Frauen durchschauen sich gegenseitig leichter, denn sie lassen sich, anders als Männer, kaum von Äußerlichkeiten beeindrucken. Sie ahnen, was hinter dem Äußeren der anderen verborgen liegt. Myras Aufmerksamkeit, die Genauigkeit der Blicks, der alleinstehenden Frauen eigen ist und den ich so nicht kannte, beeindruckten mich, sie bemerkte jedes Detail, jeden Hinweis, und deutete die Situation haargenau richtig. Es war wohl ihre Art, sich vor Gefahren zu schützen, während sie nach einem Partner suchte. Männer waren so sorglos, Frauen so vorsichtig. Myra hatte nur einen einzigen, kurzen Blick auf die Gräfin geworfen und wusste sofort Bescheid.

»Wahnsinn, diese Absätze. Was hat es mit den Handschuhen auf sich? Der Hut ist von Chanel, das Kleid auch. Sie lässt sich bestimmt täglich frisieren. Das Kleid ist aus Rohseide, das erkennt man am Faltenwurf. Hast du diese eingezogenen Goldfäden gesehen? Das ist echtes Gold. Kommt aus Thailand.«

Ich hielt Myras Interesse für Neugier, ich dachte, sie wollte mir mitteilen, dass sie etwas von Mode verstand. Doch plötzlich verfinsterte sich ihre Miene, sie stand auf und sah mich resigniert und mit einem stillen Zorn an, der etwas Verzagtes hatte. Mir war klar, dass Myra mich in dem Moment, als mich die Gräfin von hinten anschubste, abgeschrieben hatte als jemanden, auf den man sich nicht verlassen konnte. Sie hatte sich ein Bild gemacht, bevor ich noch den Mund öffnen konnte.

»Ich fahre nach Siracusa.«

»Aber warum?« Eine dumme Frage.

»Ist ja nicht weit – das hast du selber gesagt.«

»Ich dachte, wir fahren zusammen.«

»Deine Freundin wartet auf dich, Gilford«, sagte sie, es klang wie eine Warnung.

Sie hatte mich in der Tat abgeschrieben. Sie wusste alles. Meine Kleidung, meine Vermessenheit, meine Andeutungen, die »lange Geschichte«, die unmissverständliche Aufforderung der Gräfin – es passte alles zusammen.

»Diese Deutschen kleiden sich immer zu elegant, besonders die älteren«, sagte sie, wandte sich um und legte dem Kellner einen Tausend-Lire-Schein auf die Untertasse, Kaffee plus Trinkgeld. Wie stolz sie war!

Ich kam mir vor wie ein kleiner Junge, der einer überflüssigen, gemeinen Lüge überführt worden war und von niemandem mehr ernst genommen wurde.

»Man sieht sich.«

Ihre falsche Gutmütigkeit wirkte wie Pathos, doch

als sie mit der Tasche in der einen und dem Stadtplan in der anderen Hand die Piazzale Nove Aprile überquerte, kam sie mir doch sehr mutig vor. Sie war zwar erschöpft und ging ein wenig schief, als trüge sie eine schwere Last, aber sie hatte immerhin ein Ziel, und sie war frei. Frei, wie ich es gewesen war, bevor ich die Gräfin kennengelernt hatte. Es tat weh, sie so fortgehen zu sehen.

Die Gräfin wartete schon auf der Terrasse, als ich in den Palazzo zurückkehrte. Neben ihr stand der Kellner mit einer Weinflasche. Ich setzte mich. Er schenkte mir ein.

»Trinken Sie, trinken Sie«, sagte die Gräfin.

Das tat ich auch. Ich war so wütend, dass der Wein schal schmeckte und einen sauren Nachgeschmack hinterließ. An der Terrassenwand krochen Schatten hinauf, der letzte Sonnenstrahl glitt über die Dachziegel. Ich saß schweigend da und trank. Als der Kellner zurückkam, um unsere Kerze anzuzünden, und ich mich zum ersten Mal verlegen fragte, wie er mich wohl sah, kramte die Gräfin in ihrer Handtasche, fand den Schlüssel und gab ihn mir.

Als wir in ihrer Suite waren, schloss ich die Tür ab und schob den Riegel vor. Mit einem hellen Sausen zog ich den Ledergürtel aus den Laschen und hielt ihn über den Kopf wie ein Schwert.

»Nein«, rief die Gräfin, sie schien wirklich Angst zu haben, ich könnte sie schlagen. Sie entspannte sich erst, als ich begann, mit dem Gürtel ihre Hände zu fesseln.

»In der Kommode da hinten sind Seidenschals, bitte nimm die, damit man die Spuren auf meiner Haut nicht sieht«, sagte sie ruhiger.

Sie streckte die Arme aus, legte die Handgelenke an die Bettpfosten. Sie regte sich nicht, während ich sie mit einem Schal band, nur die Beine legte sie übereinander. Sie sah aus wie der Gekreuzigte.

»Bitte, was auch immer du vorhast: Tu mir nicht weh. Vergewaltige und demütige mich nicht.«

Ich blieb nicht aus Verlangen, nicht einmal aus Lust. Ich blieb, weil ich wütend war. Gewaltsam schob ich ihre Beine auseinander und wühlte in ihrem Kleid. Das Einzige, was mich interessierte, war die eigene Befriedigung, ich hatte nicht die Absicht, ihre Wünsche zu berücksichtigen. Erst als ich fertig war, hörte ich, dass ihr Seufzen ein Lustseufzen war. Sie hatte es wieder geschafft, mich zu erschöpfen.

»Jetzt ruhen wir uns aus«, sagte die Stimme in der Finsternis, ich war schon eingeschlafen. »Und dann gehen wir essen.«

Die Begegnung mit Myra hatte mein Ohr erneut geschärft: Der Akzent der Gräfin war stärker als je zuvor.

Beim Essen fragte die Gräfin: »Wer war dieses alberne Mädchen?«

»Eine Amerikanerin.«

»Ihre Schuhe waren unmöglich! Und diese schmutzige Bluse. Und haben Sie ihre Fingernägel gesehen? Sie hätte sich wenigstens die Haare bürsten können. Natürlich – eine Amerikanerin.«

7

Ich brauchte einen Anstoß, um zu fliehen. Meine Inspiration war und blieb Myra Messersmith, die angewidert aufgestanden war, mit schwingender Tasche die Piazza überquert hatte und in der Via Roma verschwunden war, ohne sich noch einmal umzudrehen. Die Herablassung, mit der die Gräfin über ihre Kleidung sprach, hatte zur Folge, dass ich mich an jedes Detail erinnerte – die weiße Bluse, das Kopftuch, Jeans und Wanderstiefel. Sie war mein Vorbild. Vielleicht war sie noch in Siracusa.

Myra und ich – wir hatten eine Menge Gemeinsamkeiten, auch wenn sie eindeutig mehr Willenskraft hatte als ich. Es würde mir nicht schaden, ein paar Tage mit ihr zu verbringen. Allein die halbe Stunde, die ich im Café mit ihr zusammen gewesen war, hatte meine Laune deutlich gehoben. Sie hatte mir gezeigt, wer ich wirklich war: ein opportunistischer Amerikaner, der knietief in einer Sache steckte, die er nicht unter Kontrolle hatte. Haroun und die Gräfin benutzten mich. Myra verstand intuitiv, dass ich ein nutzloser Parasit war, der sich an eine reiche Frau herangeschmissen hatte, von der er nun abhängig war. Ich wollte ihr beweisen, dass es so nicht stimmte. Ich war einundzwanzig, ein Student, der mit leichtem Gepäck und einem Skizzenblock durch Italien gereist war, bevor er diese Leute kennengelernt hatte. Viel war nicht dabei herumgekommen, in Taormina hatte ich das Zeichnen beinahe aufgegeben. Es war, als hätte ich Angst, mich selbst zu bezichtigen oder der Person zu begegnen, die ich geworden war. Ich war ein Lakai der Gräfin, ein Teil ihrer Entourage.

Und was hätte ich denn in meinem Skizzenblock festhalten können? Eine jaulende Frau, zerfetzte Unterwäsche? Eine Frau auf allen vieren, einen ausgestreckten Hintern? Eine Frau, die, wie mir nun klar wurde, von Ritualen abhängig war? Immer dieselbe Zeit, immer dasselbe Betatschen und Wühlen, dasselbe Zimmer und derselbe Teppich, wir kehrten immer wieder an die alte Stelle zurück. All das war schockierend, und es brachte mich nicht weiter. Sex war das Letzte, das ich darstellen wollte. Sex war geheimnisvoll – mit erotischen Porträts konnte man 1962 noch vor dem Richter landen. Diese Dinge waren tabu. Die Gedichte von Lawrence, auch die *Schlange*, konnte man kaufen, aber *Lady Chatterleys Liebhaber* galt noch immer als skandalös. Die Suite der Gräfin war ein anderes Land, ein Land ohne Sprache, ein Land ohne Literatur, beinahe ohne menschliche Kommunikation. Unsere Rituale blieben ohne Bezeichnung, im Zimmer herrschte ewige Nacht.

Es war hell, als ich aufwachte – wie immer in meinem eigenen Zimmer, denn die Gräfin bestand darauf, allein zu schlafen. Tausend Gedanken stürzten auf mich ein, und ich spürte, dass meine Entschlossenheit eine aufgeregte Schärfe erreicht hatte. Mit zitternden Händen trank ich meinen Kaffee wie einen Abschiedstrunk. Um meinen Entschluss zu festigen, sprach ich mit niemandem. Ich versuchte mich zu konzentrieren. Ich zog mich an, steckte das Bargeld ein und verließ eilig den Palazzo d'Oro. Wie ein Phantom bewegte ich mich durch die Stadt.

Es war ein strahlender Septembermorgen, es duftete schwer und süß nach Laub und welken Blüten. Die meisten Touristen hatten die Stadt schon verlassen. Ich war lange genug in Taormina gewesen, um den leichten, aber deutlichen Wetterumschwung zu spüren – die schwüle, drückende Hitze war vorüber, die Tage waren sonnig und die Nächte kühl, es roch nach überreifen Früchten, nach Fruchtfleisch und faulendem Laub. In der Luft lag der Staub vom Dreschen des gerade geernteten Weizens.

Auf halber Strecke hielt ich ein Taxi an und fuhr zum Bahnhof, der nächste Zug sollte bald abfahren. Ich rechnete aus, dass ich am Nachmittag in Siracusa eintreffen würde, zu einer Zeit, in der man in Sizilien noch zu Mittag aß. Vielleicht würde es mir gelingen, Myra zu finden. Allein der Impuls, nach ihr zu suchen, hatte etwas Befreiendes.

Eine vor Dringlichkeit krächzende Stimme rief meinen Namen, es war Haroun, der eilig und hektisch rauchend die Straße überquerte, um mich am Bahnsteig abzufangen. Er war kreidebleich und zerzaust, als wäre er – wie zur Warnung – vermöbelt worden. Doch er lächelte. Was immer ihm zugestoßen war, er hatte sich ihm lustvoll und zügellos hingegeben, er war schmutzig und sorglos wie ein Kind, das im Schlamm gespielt hat.

»Was tun Sie denn da?«

»Ich warte auf meinen Zug.«

»Nein, nein – man darf die Gräfin nicht allein lassen.«

Er hatte mein Vorhaben bereits durchschaut. Er las mir den Fluchtplan vom Gesicht ab, er sah meine Haltung, den angespannten Nacken eines Affen, der bereit ist, von seinem Ast zu springen.

»Ich kann tun und lassen, was mir gefällt«, antwortete ich, und ich erinnerte mich, dass er vor kurzem noch die Wahl gehabt hatte, mich zu halten oder fortzuschicken. Jetzt war ich derjenige, der die Wahl hatte. »Ich fahre nach Siracusa.«

»Das ist weit, zu weit weg«, sagte Haroun.

Er war plötzlich so niedergeschlagen, dass ich lachen musste – ein vieldeutiges und trotziges Schnauben. »Ich muss mal Urlaub machen«, sagte ich, obwohl ich längst beschlossen hatte, nicht zurückzukehren. Ich hatte in Taormina meine ganze Willenskraft verloren, ich war das Schoßhündchen einer Gräfin geworden, die, wie ich nun wusste, enorme Kraft und einen zügellosen Appetit hatte. Ich musste fort von ihr. Ich wollte niemandem gehören.

Haroun sagte: »Dort auf der anderen Straßenseite gibt es einen hübschen Strand. Möchten Sie ihn vielleicht sehen? *Bello* Golfo di Naxos.«

»Gleich fährt mein Zug ein.«

»Kommen Sie, wir setzen uns an den Strand und reden noch ein wenig«, sagte er. Er hakte sich mit einem einzigen, gekrümmten Finger bei mir ein. »Ich muss Ihnen nämlich etwas erzählen.«

»Erzählen Sie es mir hier.«

»Es ist ein Geheimnis«, sagte er.

»Ich weiß, was mit Ihnen los ist, Harry. Es ist ziemlich offensichtlich.«

»Es geht um die Gräfin.«

Auf dem Bahnsteig regte sich etwas, die Gleise zitterten schon, in der Ferne war ein mahlendes Geräusch zu hören, der Lärm des nahenden, noch unsichtbaren Zugs hinderte mich an einer Antwort, ich zuckte nur mit den Schultern.

»Sie werden staunen«, sagte er.

Das reizte mich allerdings, auch wenn ich nicht wusste, was mich erwartete. In Taormina, in einem verzauberten Schloss namens Palazzo d'Oro, hatte ich gelernt, dass ohnehin immer das geschah, womit man am wenigsten rechnete.

Als der Zug da war, stieg ich trotzdem ein. Ich wollte mich von meinem einmal gefassten Plan nicht abbringen lassen. Als die Türen geschlossen wurden, sah ich, dass Haroun ebenfalls eingestiegen war. Er sah mich verwegen lächelnd an und setzte sich neben mich. Er bat mich noch immer, ihn anzuhören.

»Sie können mit dem Zug fahren, wohin Sie wollen. Aber bei der Gräfin fahren Sie im Auto!«

»Deshalb fahre ich ja mit dem Zug.«

Er schlug theatralisch die Hände über dem Kopf zusammen.

»Was hat sie denn nun für ein Geheimnis?«

Der Zug hatte Geschwindigkeit aufgenommen und ratterte über die Strecke, der Golf blitzte hier und dort auf, die Strandvillen ... Allein das Lärmen der Stahlräder rührte mich an: Ich reiste fort, wie ich gekommen war, mit einer einzigen, kleinen Reisetasche.

»Sie ist sehr glücklich«, sagte Haroun, der, mit dem Kinn in der Hand, schräg auf der Bank saß und mir vertraulich zuflüsterte: »Sie wissen ja, ich bin ihr *dottore*. Also bin ich auch sehr glücklich.«

»Weil sie gesund ist?«

Ich musste lächeln, denn gerade fiel mir wieder ein, dass jeder Italiener, der auch nur einen Sprachkurs an der Universität belegt hatte, dazu neigte, sich *dottore* zu nennen.

»Ich kenne die Gräfin seit sehr langer Zeit«, sagte er. »Ich habe sie noch nie so glücklich gesehen.«

»Tatsächlich?« So glücklich wirkte sie auf mich allerdings nicht.

»Die Vorstellung vom Glück ändert sich mit dem Lebensalter. Das Glück ist relativ. Bevor Sie eintrafen, war sie völlig verzweifelt. Sie dachte sogar an Suizid.« Er sah aus dem Fenster, wo ein junger Mann eine Vespa steuerte. Eine alte schwarz gekleidete Frau saß im Damensitz hinter ihm und hielt sich fest.

»Was haben Sie denn für einen Eindruck?«

»Alles in Ordnung.«

Mit einundzwanzig hatte ich Besseres zu tun, als mich auf die Stimmung anderer Leute einzulassen. Selbst wenn jemand traurig wirkte, wäre ich nie auf die Idee gekommen, dass er »verzweifelt« war.

»Ich meine jetzt körperlich.«

»Sie ist erstaunlich ausdauernd«, sagte ich. Ihr Mantra war: Mehr!

»So wie Sie.«

»Irgendwie glaube ich, dass sie mehr Kraft hat als ich.«

»Und ihre Haut?«

»Wie Seide.«

»Und der Muskeltonus?«

»Harry, was soll das alles?«

»Es geht um die Gräfin. Meine Patientin. Ihre Geliebte.«

Ich sah mich im Abteil um, ob irgendjemand die letzten beiden Wörter aufgeschnappt hatte.

»Sie sind ein wunderbares Paar«, sagte er.

»Was wollen Sie mir damit sagen?«

Er zog heftig an seiner Zigarette und verzerrte den Mund. »Ist nicht leicht, ich würde Ihnen den Schock gern ersparen.«

Das gefiel mir allerdings. Es gab Sätze, die unter solchen Umständen – in einem ratternden Zug, unter blauem Himmel – immer den gleichen Gedanken in mir auslösten: Dies ist das echte Leben, mein Leben, dies ist das Drama, der Stoff, mit dem ich später arbeiten werde. Die Wörter beinhalten die Bilder, die ich brauche. *Ich würde Ihnen den Schock gern ersparen* – der Satz war wunderschön, ich wusste, dass ich ihn eines Tages verwenden würde.

Natürlich war ich genau auf den Schock aus, ich hatte ihn verdient, ich hatte ein Anrecht auf ihn, nicht als Geschenk, sondern als Lohn für meine Anstrengung.

Haroun schnippte den Zigarettenstummel aus dem Fenster und steckte sich gleich die nächste an. Er sagte: »Als die Gräfin zum ersten Mal zu mir kam, war sie in großer Bedrängnis. Ihr Leben schien ihr beschwerlich, sie war voller Selbsthass und sprach immer wieder von Suizid.«

»So ist sie heute wirklich nicht.«

»Es ist schon viele Jahre her.«

»Wie viele?«

Er runzelte die Stirn und riss die Augen auf. Vielleicht übertrieb er seine Mimik, weil der Zug, dieser öffentliche Ort, so laut war.

»Ziemlich viele Jahre.«

Das schien mir zu viel, also fragte ich: »Wie alt ist sie denn?«

Haroun sah mich lächelnd an, seine Grimasse war verschwunden: War dies sein Geheimnis? »Alt genug, dass sie sich um ihr Äußeres Sorgen macht.«

Ich lachte, denn dass sich die Gräfin über irgendetwas Sorgen machte, schien mir doch eher abwegig. Ihr Selbstvertrauen war unmäßig, sie konnte unfassbar herrisch sein: *Mehr!*

»Ich habe sie über all die Jahre behandelt. Viele Jahre.«

»Sind Sie denn Psychologe?«

»Nein. Mein Fachgebiet ist die rekonstruktive Chirurgie.«

»Hatte die Gräfin einen Unfall?«

»Das Alter richtet die Menschen schlimmer zu als jeder Unfall«, sagte er. »Es macht sie zu Ungeheuern.«

»Sie sind also plastischer Chirurg.«

»Ich mag diesen Ausdruck nicht.«

»Sie straffen den Leuten die Haut. Sie verkleinern ihnen die Ohren.«

Während ich noch sprach, winkte er ab. »Ich mache noch viel mehr. Was Sie meinen, ist nur die Oberfläche. Ich gehe in die Tiefe.«

»Wie tief?«

Das war allerdings eine Frage, die ihm gefiel! Im angemessen feierlichen, salbungsvollen Ton schrie er über den Zuglärm hinweg: »Bis zum Herzen, bis zur Seele!«

»Und was haben Sie mit der Gräfin gemacht?«

Er schien die Frage erwartet zu haben. Er hob den Kopf, reckte trotzig das Kinn und ließ einige Sekunden verstreichen. Was er dann sagte, klang nach Wichtigtuerei:

»Es wäre leichter, Ihnen zu erzählen, was ich nicht gemacht habe.«

»Was denn zum Beispiel?«

»Mit den Händen ist es schwierig, man kann nur die Verfärbungen der Haut ein wenig kaschieren, die Altersflecken. Die Haut wird natürlich auch schlaff.«

»Die Gräfin trägt immer Handschuhe«, sagte ich.

Haroun nickte etwas zu eifrig, er freute sich, meine ungeteilte Aufmerksamkeit zu haben. Mir sollte es recht sein. Ich war ja auf dem Weg nach Siracusa, auf der Suche nach der flüchtigen Myra. Trotzdem hatte er mich mit seinen Andeutungen neugierig gemacht.

»Sagen Sie mir, wie alt sie ist.«

»In den besten Jahren«, antwortete er wie aus der Pistole geschossen.

»Was soll das heißen?«

»In ihrer Blüte – wie Sie.«

Wenn er so spielerisch war, fand ich ihn immer recht unerträglich.

»Wie alt ist sie?«, fragte ich schärfer.

Das Rattern der Stahlräder auf den Gleisen bildete einen überraschenden Kontrast zur friedlichen Küstenlandschaft. Haroun sah mich verschämt an, ohne ein Zeichen des Entgegenkommens.

»Sie werden es nie erraten.«

»Kommen Sie«, sagte ich, »es macht mir nichts aus. Ich verlasse sie ohnehin. Also – fünfunddreißig? Achtunddreißig?«

»Ach, ich liebe Sie, das ist wirklich nett!«

»Über vierzig?«

»Darf ich Sie küssen?«

»Fünfzig?«

»Nein!«, kreischte er kindisch.

Fünfzig schien mir schlicht unvorstellbar, und weiter reichte meine Vorstellungskraft nicht, sechzig war für mich damals eine Art Tod, das Lebensende, etwas Undenkbares. Und doch nannte ich diese absurde Zahl.

Haroun sah mich wortlos an. Seine Ausdruckslosigkeit verriet mehr, als er je mit Worten gesagt hatte.

»Sechzig?«, sagte ich ungläubig.

»Die besten Jahre! Ist sie nicht prachtvoll? Sie ist mein Meisterstück. Und Sie sind der Beweis dafür, dass es mir vollständig gelungen ist.«

Das Rattern fuhr mir in die Glieder und hämmerte, bis mir schlecht wurde, der Waggon schaukelte, der Schock drang tief und immer tiefer in meinen Körper. Er hatte recht gehabt: Seine Enthüllung war schockierend. Ich wand mich vor Ekel und Scham, als hätte ich einen Tabubruch begangen. Vielleicht hatte ich das auch, meine Mutter war gerade erst fünfzig geworden. Ich sah aus dem Fenster und versuchte das Bild der Gräfin heraufzubeschwören, doch was ich sah, war nur mein eigenes Gesicht und die alten, bröckelnden Fassaden der Strandvillen. Was ich anfangs für ein lächerliches Melodrama um Lust, Unschuld und Opportunismus gehalten hatte, war plötzlich ernst und verstörend. Was mich am meisten beunruhigte, war, dass mein Begehren nicht jemand anderem gegolten hatte, nicht einer jungen Gräfin, sondern tatsächlich der älteren Frau, die sich in ihr verbarg.

»Warum erzählen Sie mir das?«

»Damit Sie verstehen, wie wichtig Sie sind. Sie müssen sie gut behandeln. Sie ist nicht die Frau, für die Sie sie halten.«

Es steckte also doch eine Fremde in ihr – wie ich befürchtet hatte. Das Wissen darum gab mir Kraft, ich hatte sie in der Hand, weil ich ihr Geheimnis kannte, und ich hatte nichts mehr zu befürchten.

»Und Sie sollten auch wissen, wer ich bin«, sagte Haroun. »Sie glauben vielleicht, ich leiste der reichen Dame ein wenig Gesellschaft. Aber ohne mich gäbe es sie überhaupt nicht.«

»Sie wäre aber noch immer eine Gräfin.«

»Sie wäre ein Ungeheuer.«

Wäre er nicht so stolz auf seine Fähigkeiten als Chirurg gewesen, hätte er das Geheimnis ihrer Verwandlung wohl bewahrt. Doch er wollte mich unbedingt beeindrucken – und bewirkte das Gegenteil. Denn von diesem Moment an, dort im Zug, der die Küste entlangfuhr, war die Gräfin in meinen Augen eine verzweifelte alte Frau, eine schrullige, hilflose Hexe. Ich wusste, dass ich zurückkehren musste, um mich ihr noch einmal zu stellen – ich konnte mit diesem Wissen nicht bis Siracusa weiterfahren.

In Catania stiegen wir aus und überquerten den Bahnsteig. Haroun, der hinter mir ging, war mit sich selbst zufrieden. Wir warteten auf den Zug, der uns nach Taormina zurückbringen sollte. *Addio, Myra!*

8

Regen war auf die Stadt gefallen, sie zeigte ein frisch gewaschenes Gesicht. Die Piazza glitzerte im Laternenschein, die klatschnassen Blätter zerrten an den Ästen, die Brise, die in der Altstadt aufgekommen war, trocknete schon das erste Laub, das auf den nächtlichen Straßen klebte, und wirbelte es auf. Die so gesäuberten Gassen hatten etwas Gespenstisches, denn die Laternen beleuchteten ihre Leere, fremde Schatten suchten sie heim.

Oder war dieses Gefühl nur in mir selbst? Ich hatte mich von Taormina längst verabschiedet, von einer uralten Stadt, die prachtvoll an einem gerölligen Hang lag und für die Snobs berühmt war, die sich im Sommer dort tummelten. Unter Putz und bröckelndem Stuck, der für Gourmets und Verführer immer wieder hübsch getüncht wurde, lagen tiefe, bedrohliche Risse verborgen. Die Stadt war wie eine alte Hure, die aus dem Schatten einer tiefgezogenen Hutkrempe verführerische Blicke wirft. Keine italienische Hure, sondern eine Fremde, eine Unerwünschte, die sich weigerte zu gehen.

»Wie wunderbar diese Stadt in der Nacht ist«, sagte Haroun und widersprach damit allem, was mir gerade durch den Kopf ging.

Kein Licht brannte mehr im Palazzo d'Oro. Ich wusste jetzt, dass ich nicht an diesen Ort gehörte, aber ich war doch zurückgekehrt. Warum? Diese unsinnige Fahrt nach Catania, die Umkehr auf halber Strecke nach Siracusa, war symptomatisch für meine Zeit in Sizilien – ich kam nirgendwo an. Trotzdem war ich überzeugt, dass die kurze Reise einen Sinn gehabt hatte. Ich hatte das Geheimnis der Gräfin erfahren. Sechzig? Die Zahl war ein Schlag in die Magengrube, sie erinnerte mich an einen Morgen in Palermo, als ich eine Fleischpastete aß und Fabiola lachend fragte: »Na, schmeckt dir das Katzenfleisch?«

Die Fensterläden der Gräfin waren geschlossen und verriegelt. Sie schlief – eine alte Frau, die früh zu Bett ging.

»Trinken wir eine kleine *tisana*«, sagte Haroun und schnippte. »Kellner!«

Der Portier stand ein wenig schief vor Müdigkeit und lächelte – das Personal nahm es gelassen, wenn Haroun sie in diesem scharfen Ton herumkommandierte. Haroun musste seine Bestellung mehrfach wiederholen, bis uns der Mann schließlich den Kamillentee brachte. Er grummelte ein obskures Schimpfwort, um seinem Unmut Luft zu machen, und stellte Kanne und Tassen scheppernd auf den Marmortisch. Mir gefiel es, dass sich der Mann nicht einschüchtern ließ.

»Die Gräfin hat den Eingriff sehr früh machen lassen, als ihre Haut noch elastisch war«, sagte Haroun, die Enthüllungen, die er im Zug begonnen hatte, sollten offenbar fortgesetzt werden. Wir hatten beide an nichts anderes gedacht. »Das ist der Grund für ihre Schönheit. Sie hat nicht gewartet, es war keine Notoperation. Der Verfall hatte noch nicht eingesetzt.«

Genauso wirkte sie allerdings auf mich: wie eine Leiche, der die Haut eines Mädchens übergezogen worden war. Bisher hatte ich nur die Haut gesehen. Jetzt konnte ich an nichts anderes denken als an alte Knochen, schwaches Fleisch und ihren brüchigen gelben Schädel.

»Ich habe diese Operation erfunden. Ich nehme eine Hautfalte und hebe sie – so ...«, sagte Haroun und demonstrierte die Technik am Rand des Deckchens, das auf dem Tisch lag. Er zog es gerade und glättete es. »Ich nähe hinter den Ohren, ich straffe und verberge. Wie beim Quilten. *Ecco fatto!*«

Harouns geschäftige Finger falteten das Deckchen, bis es klein und glatt – und sein Blick ganz verloren war.

»Ich bin nämlich sehr geschickt«, sagte Haroun. »Ich hätte eine Jungfrau aus ihr machen können. Ich hätte es beinahe geschafft. So wenig hat gefehlt ...«

Er zeigte es mit Daumen und Zeigefinger, und als er meine Miene sah, lachte er laut auf. Na, schmeckt dir das Katzenfleisch?

Ich stand vor der Tür der Gräfin und sah nach, ob sich rechts und links im Korridor etwas bewegte, wie damals, als ich das verlegene Schleichen eines Fremden gehört hatte. Ich sah niemanden. Ich klopfte mit der Faust, sofort hörte ich hinter der verschlossenen Tür ihre flehende Stimme. »Wer ist da?«, fragte sie.

»Ich bin's.«

»Wo waren Sie denn?«, fragte sie, als sie die Tür öffnete und mich in das düstere Zimmer zog.

Sie roch nach Schlaf und Wäschestärke und Parfüm, sie streckte die von hauchdünnem Stoff umflorten Arme nach mir aus. Ich zog sie an mich und tastete unter ihrem Nachthemd nach den brüchigen alten Knochen. Als sie mich küssen wollte, wandte ich mich ab.

»Ich warte schon so lange«, sagte sie weinerlich, als wir tiefer in die Suite vorstießen. »Warum bestrafen Sie mich?«

Sie sank auf die Knie und zog mich auf den Teppich, um mich zu umarmen. Ich spürte ihre ganze Kraft und Ungeduld. Sie aber bemerkte meinen bleiernen Widerstand, meinen fehlenden Willen. Regungslos und schwer lag ich da, wie ein Tonklumpen.

»Was ist denn?«

Sie musste etwas ahnen, sie spürte, dass ich nicht interessiert war, und suchte bereits Schutz im Angriff. Ich hatte durchaus ein schauspielerisches Talent, aber diese Art von Begehren konnte ich nicht vortäuschen. Die Finsternis, diese Berührung – sie wusste sofort Bescheid.

Sie schob mich fort und sagte: »Warum sind Sie zurückgekehrt?«

Ich wusste es nicht genau – vielleicht nur, um zu

prüfen, ob sie tatsächlich sechzig Jahre alt war. Nun hatte ich mich überzeugt: Sie war ältlich und unsicher, sie wirkte – wie alte Leute auf die jüngeren gelegentlich wirken – beinahe tapsig. Die Alten tragen schon den Geruch der Schwäche, der wie ein Hauch des Todes ist. Die Gräfin war mir noch nie so zerbrechlich erschienen. Bedauern und Ekel überwältigten mich, eine mitleidige Trauer. Sie war zum ersten Mal völlig kraftlos, ein Hauch nur noch, ein Nichts von Menschlichkeit, wie eine Sterbende.

»Es tut mir leid«, sagte ich, ein Satz, der sie zornig machte.

»Harry hat Ihnen alles verraten!«, rief sie und stieß mit der Hand nach mir. »Er ist ein Idiot!«

»Woher wissen Sie das?«, fragte ich.

»Ich sehe, wie angewidert Sie sind. Wie Ihr Selbstvertrauen wächst. Wie Sie mich berühren, als wäre ich eine Crème Chantilly. Es ist schrecklich. Sie würden am liebsten in mich hineinsehen. Sie sind wie er.«

»Wie Harry?«

»Er ist ein Schneidermeister, er sieht nur Nähte und Innenfutter. Er ist so stolz auf diese Nähte.«

Ich hätte ihr gern erzählt, dass Haroun sie als ein Meisterwerk – sein Meisterstück – bezeichnet hatte. Er hatte mich benutzt, um es zu beweisen, und ich hatte mich beinahe freiwillig darauf eingelassen.

»Sie fanden mich doch attraktiv«, sagte die Gräfin. »Sie haben mich wirklich für jung gehalten. Sie haben an diesen Brüsten gesogen.« Sie nahm meine Hand, ihre Berührung war die eines Reptils. Sie trug keine

Handschuhe. Sie führte meine Finger an ihren Körper und begann sich regelrecht damit zu stoßen. »Hier sind Sie in mich eingedrungen.«

Angesichts dieser Offenheit und Härte blieb mir nichts, als mich zu schämen.

»Sie haben diesen Körper begehrt«, rief sie, »er war das Einzige, was zählte.«

Es klang widerlich, wie ein Obduktionsbericht. Was wollte sie mir damit sagen? Dass sie mich nicht mehr brauchte?

»Harry hat seine Geschichte«, sagte sie ruhiger, »und ich habe meine. Meine Geschichte kennt er nicht.«

Manchmal, wenn jemand eine längere Geschichte erzählen möchte, nimmt er eine bestimmte Haltung an. Am Ton der Gräfin erkannte ich, dass sie sich weit zurücklehnte, und als ich lange genug in die Finsternis starrte, konnte ich ausmachen, dass sie ihren Kopf in den Nacken gelegt hatte. Ich sah ihre weiße Kehle, den Glanz ihres Halses. Sie schien sich auf eine längere Erzählung vorzubereiten.

»Ich bin nicht zum ersten Mal in Taormina«, sagte sie, »damals, als ich in Ihrem Alter war, vielleicht etwas jünger, war ich einmal mit einer Freundin hier, sie hieß Helga. Wir lernten einen Mann – einen Engländer – kennen, mit dem ich eine Affäre hatte. Sie dauerte eine Woche. Es gefiel mir, ihn glücklich zu machen, und natürlich war er auch sehr glücklich. Er war sechzig Jahre alt.«

»War das alles?«

Sie reckte den Hals und sah mich wortlos an: Ja, das

war alles. Diese Geschichte war also überhaupt nicht lang, aber sie berührte mich doch außerordentlich.

»Und was ist aus ihm geworden?«, fragte ich.

»Eine Zeit lang schrieb er mir glühende Liebesbriefe. Er war *innamorato.*«

Verliebt, verzaubert – ein hübsches Wort, das mir Fabiola beigebracht hatte.

»Und das war – in den Zwanzigern?«

Ein Schulterzucken, das ich als Ja deutete. Sie konnte es überhaupt nicht leiden, dass ich sie zwang zurückzublicken. Sie weigerte sich, das Verrinnen der Zeit anzuerkennen, also hatte sie keine Vergangenheit. Und tatsächlich wusste ich beinahe nichts über sie, erst recht nicht über ihr früheres Leben. Ich war immer davon ausgegangen, dass sie ein geborgenes und luxuriöses Leben geführt hatte. Doch hätte sie nicht versucht, es möglichst lange zu bewahren?

»Es scheint mir gar nicht so lange her zu sein«, sagte sie. »Es kommen zwar immer mehr Touristen nach Taormina, aber eigentlich ändert sich nichts.«

»Damals war auch D. H. Lawrence hier.«

»Sie haben ihn schon bei unserer ersten Begegnung erwähnt«, sagte die Gräfin. »Ich habe ihn damals kennengelernt. Ein nervöser, angespannter junger Mann, sehr kränklich. Seine Frau – mit ihr habe ich natürlich deutsch gesprochen. Das gefiel ihm gar nicht. Außerdem fand er es skandalös, dass ich mich mit einem Sechzigjährigen abgab.«

Ich bildete mir ein, dass ich durch diese Bekanntschaft auch selbst mit Lawrence verbunden war. Die

Gräfin hielt sich aber mit dem Schriftsteller nicht lange auf, sie wollte mir etwas anderes erzählen.

»Dieser Mann, mein englischer Liebhaber, mochte weder Lawrence noch seine Frau Frieda. Nicht einmal Taormina gefiel ihm.«

»Warum war er dann hier?«

Meine Augen hatten sich an die Dunkelheit gewöhnt, ich sah, dass sie lächelte. »Das ist wirklich interessant. Ich habe gehofft, Sie würden diese Frage stellen.«

War das wieder die ganze Geschichte? Diese Nacht, dachte ich, ist so anders als alle, die wir miteinander verbracht haben. Wir waren von Schatten zu Schatten geglitten, wortlos und voller Leidenschaft. Nun unterhielten wir uns ruhig und heiter. Sie lächelte wieder. War die Geschichte vielleicht doch noch etwas länger?

»Er erzählte mir damals, dass auch er in jungen Jahren hier gewesen sei, vierzig Jahre zuvor. Er lernte eine Adlige kennen und hatte eine *carezza*.« Es rührte mich, dass sie ein derart zärtliches Worte kannte, sie musste es von einem ihrer italienischen Liebhaber gelernt haben. »Diese Adlige war sechzig Jahre alt gewesen, das war der Grund, warum der Engländer mich gewählt hatte.«

Und es war auch der Grund, warum sie mich gewählt hatte. Alles hatte mit einer Affäre im Jahr 1880 begonnen. »War er berühmt?«, fragte ich.

»Er war sehr reich.«

Ich fand es seltsam, dass eine deutsche Gräfin ein solches Detail erwähnte, wollte sie aber nicht unterbrechen.

»Er war so reich, dass ich sein Leben leben wollte.«

Ich dachte über diesen Satz nach, mir fiel dazu nichts ein. Ich verstand zwar, was sie meinte, mir leuchtete aber keineswegs ein, warum eine deutsche Gräfin so redete – es sei denn, der Mann war eine Art Mogul.

»Wie hieß er denn?«, fragte ich.

»Wer erinnert sich schon an Namen. Sie werden meinen ja auch vergessen.«

»Aber ich bin doch wie Sie – wie Sie damals waren.«

»Nein«, sagte sie scharf. »Wie können Sie es wagen, so etwas zu sagen?« Sie hatte sich verraten und merkte sofort, dass es besser gewesen wäre, ruhig zu bleiben. Wieder änderte sich ihr Ton, sie sagte abfällig: »Es war ja nur eine Affäre. Es bedeutete mir sehr wenig. Ihm hat es aber eine Menge bedeutet.«

»Sie sind also hergekommen, weil Sie wissen wollten, wie es ist, mit sechzig Jahren begehrt zu werden?«

»Sechzig ist kein Alter«, antwortete sie. »Außerdem bin ich keine sechzig, weder in meinem Herzen noch zwischen den Beinen. Ich bin keine sechzig, das wissen Sie. Beschämt Sie das etwa? Ich glaube, Sie sind ganz rot geworden.«

Ich legte das Gesicht in die Hände und spürte die aufsteigende Hitze, die mir das Blut in die Wangen trieb.

»Es war wie etwas, das man kauft und eine Weile schön findet. Irgendwann hat man genug davon«, sagte die Gräfin. »Unser Sex in dieser Suite war wie ein Traum. Es stimmt, ich habe ein wenig den Boden unter den Füßen verloren, aber jetzt ist alles wieder normal. Ob Sie es glauben oder nicht: Als ich Sie mit diesem Mädchen im Café gesehen habe, ging es mir schon viel besser.«

»Aber Sie waren eifersüchtig.«

»Nein. Ich habe gesehen, wie dumm Sie waren. Wie wenig Sie sich selbst kennen, dass Sie Ihr Leben noch vor sich haben.«

Der Verdacht, dass ich gerade abgewiesen wurde, hatte zur Folge, dass ich sie wieder begehrte. Es reizte mich, wie sie versuchte, meine Lust auf dieses Mädchen kleinzureden. Wie gern hätte ich noch einmal mit der Gräfin geschlafen, mein Mund war trocken vor Verlangen, die Zunge wie geschwollen. Mir fiel ein, wie sie sich vor mir erniedrigt hatte, auf allen vieren, knurrend und jaulend wie eine räudige Hündin. Wir hatten uns in diesem Moment gegenseitig besessen, wir waren einander vollständig ausgeliefert gewesen. Damals war sie gefräßig und rücksichtslos gewesen, heute saß sie da in ihrem weißen gestärkten Nachthemd – wie eine weiße Hexe.

Ich strich ihr über den Arm. Sie nahm meine Hand und schob sie fort, ich spürte ihren Widerwillen. Sie hatte sich aufgerichtet und sah mich nicht an.

»Ich weiß, wie Ihr Leben sein wird«, sagte sie nach einer Weile. »Sie werden sehr erfolgreich sein, egal, was Sie tun. Sie sind ehrgeizig und schämen sich für Ihre Vergangenheit. Und deshalb sind Sie skrupellos. Und Sie sind bereit, etwas zu riskieren, denn Ihr Name bedeutet nichts. Sie können nur gewinnen. Und Sie haben beachtliche sexuelle Energie. Ich kenne das von Männern, die nach Macht streben.«

»Macht interessiert mich nicht.«

»Ich weiß, was Sie interessiert. Sie sind noch zu jung, Sie können es überhaupt noch nicht wissen. Sie werden bekommen, was Sie sich wünschen. Sie werden eines Tages viel Geld haben. Wir wissen ja, dass Ihnen Geld etwas bedeutet. Meinen Sie, ich hätte nicht jede Mark gezählt, die ich Ihnen gegeben habe? Sie würden staunen, wenn Sie wüssten, wie viel es am Ende war. Ich war selbst ein bisschen überrascht.«

»Hören Sie, ich habe Sie nie um Geld gebeten«, sagte ich, obwohl sie natürlich recht hatte: Sie hatte mir eine Menge gegeben.

»Sie wissen nicht, was mit Ihnen geschehen wird«, sagte sie, »ich aber weiß es. Auf jeden Fall sind Sie sehr ehrgeizig.«

»Mir erscheint es nicht gerade ehrgeizig«, sagte ich, »einen ganzen Monat in diesem Hotel zu vertrödeln.«

»Es ist sogar die höchste Form des Ehrgeizes«, sagte sie und lachte. Sie war überzeugt, dass ich mir etwas vormachte. »Sie werden einmal ein bekannter, möglicherweise berühmter Mann sein. Sie werden die Welt sehen. Sie werden ein Vermögen anhäufen. Viele Menschen werden Sie bewundern. Ich will sagen: Was Sie sich auch vornehmen, es wird ein Erfolg sein, Sie werden es glänzend meistern. Ich kann das sehen« – hier stockte sie, ein Schatten fiel auf ihr Gesicht –, »ich sehe es sehr deutlich.«

Ihre Prophezeihung hatte eine zynische Note angenommen, sie wirkte bitter, als wollte sie mich jetzt schon dafür schelten, dass ich einst der Mann werden sollte, den sie beschrieb. Sie war neidisch auf den Erfolg, den sie vorhersah – weil sie ihn für unverdient hielt.

»Natürlich werden Sie hart dafür arbeiten müssen. Aber es wird viele geben, die härter arbeiten als Sie, ohne jemals zu erreichen, was Sie erreichen. Sie werden alles selbst verstehen und nichts aus der Hand geben wollen – Ihr Leben und Ihr Kampf werden Sie vollständig in Beschlag nehmen.«

Ich musste ein leises, unaufrichtiges Lachen herunterschlucken, als ich diese Beschreibung meines zukünftigen Selbst, dieser seltsam öffentlichen Person, hörte.

»Aber mich werden Sie niemals erwähnen, Sie werden niemandem erzählen, dass Sie eine Sechzigjährige gefickt haben, die Ihnen die Zukunft vorhergesagt hat, die Sie abgewiesen hat.«

Ich erstarrte, wortlos und befangen.

»Erst wenn vierzig weitere Jahre verstrichen sind, werden Sie mich erkennen«, sagte sie. »Ich werde längst tot sein.«

Ich war machtlos, sie hatte mich vollständig in der Hand. Es war, als hätte sie mich zur Welt gebracht, um mich anschließend auszusetzen. Sie sah, was ich nicht sehen konnte.

»Wenn dies ein Roman wäre«, sagte sie, »würde er wohl tragisch enden. Vielleicht würde ich mich umbringen, vielleicht würden Sie einen Fehler begehen.

Aber dies ist kein Roman. Das Leben geht weiter. Ja, ich bin gedemütigt, aber ich habe ein eigenes Leben und mein Wille, es zu erhalten, ist sehr stark. Für Sie bin ich eine Fremde, und das werde ich bleiben, bis Sie in meinem Alter sind.«

Es war unsere letzte nächtliche Begegnung. Ich zog mich in mein eigenes Zimmer zurück und schlief wie in einem Geisterhaus, ich wurde immer wieder von brutalen, höhnischen Albträumen aus dem Schlaf gerissen, an die ich mich nicht erinnerte. Die Gräfin dagegen wirkte ausgesprochen erfrischt, als ich sie am Morgen auf der Terrasse sah. Sie ging einige Schritte mit einem alten, gebrechlichen Mann, den ich gelegentlich in Taormina gesehen hatte. Sie unterhielten sich lebhaft auf Deutsch. Dabei lächelte der Mann, nur wenn er einen seiner schweren, langsamen Schritte machte, war sein Gesicht schmerzverzerrt.

»Er scheint recht glücklich zu sein«, sagte ich zur Gräfin.

»Er freut sich darauf, endlich heimzukehren«, sagte der alte Mann auf Englisch. Ich sah ihn überrascht an, verlegen, da ich ihn nicht direkt angesprochen hatte. Es war mir nicht in den Sinn gekommen, dass er möglicherweise Englisch sprach.

»Er hat genug von Taormina«, sagte die Gräfin.

Sie trug ein weißes Kleid, das ich nicht kannte, und den weißen breitkrempigen Hut. Ihr Gesicht war trotzdem gut zu erkennen, es war unverändert. Ich hatte erwartet, dass sie mir nun sehr viel älter vorkommen würde. Vielleicht war es die Altersschwäche des

Mannes, neben der sie vergleichsweise mädchenhaft wirkte. Aber nein: Sie war eine wunderschöne Frau, eine alterslose Schönheit, auch wenn sie mir in der Nacht sehr alt vorgekommen war. Sie ignorierte mich und widmete ihre ganze Aufmerksamkeit dem Mann, der sie langsam auf beide Wangen geküsst hatte und nun davonhinkte, wobei er noch einmal hinter seinem Rücken winkte, ohne sich umzudrehen.

»Geht es ihm gut?«

»Er war Soldat. Er wurde im Krieg verwundet, bei Passchendaele.«

»Im Ersten Weltkrieg!«

»Er war Offizier.«

»Man sieht es noch an seiner Haltung«, sagte ich. »Der Kaiser war 1905 mit seinem ganzen Hofstaat hier in Taormina. Erinnern Sie sich daran?«

»Wie sollte ich mich daran erinnern? Ich war damals vier.«

»Und wo haben Sie damals gelebt?«

Ihre Züge wurden mit einem Mal hart und trotzig, ihre Lippen wirkten gespannt, der Blick war leer und starr. »Ich war ein Tier damals, wie jedes andere Kind auch.«

Ich versuchte ihr auf die Sprünge zu helfen: »Ich stelle mir vor, dass Sie in einem prächtigen Schloss aufgewachsen sind.«

»Ich weiß es nicht mehr«, sagte die Gräfin.

Ihre Miene war ausdruckslos, das Gesicht war lieblich, bleich und kalt wie Marmor. Ich wollte noch mehr erfahren. Das letzte Geheimnis, das noch zwischen uns stand, war die Frage ihrer wahren Identität. Wer war sie wirklich? Woher kam sie?

»Was bedeutet es schon, sich zu erinnern?«

Erinnerte sie sich denn nicht an ihre Kindheit? Ich sagte: »Taormina war doch Kesselrings Hauptquartier im Zweiten Weltkrieg.«

»Ja. Die Stadt war voller Deutscher.«

»Erzählen Sie mir etwas von Hitler.«

»Amerikaner stellen immer dieselben Fragen«, sagte die Gräfin und hob ein wenig die Hutkrempe, damit ich ihr besser in die blauen starren Augen sehen konnte. »Er war ein Ungeheuer«, sagte sie, »sehr ungebildet, aber er hatte auch Größe.«

»Haben Sie ihn kennengelernt?«

»Nur bei einigen offiziellen Anlässen. Ich war mit einem Offizier verheiratet«, sagte sie und fügte eifrig, beinahe leidenschaftlich hinzu: »Der Führer hatte sehr schöne Hände. Die Hände einer Frau. Das werden Sie von sonst niemandem hören. Als ich sie zum ersten Mal sah, verglich ich sie gleich mit meinen eigenen Händen. Vielleicht können Sie sich jetzt vorstellen, wie das war.«

»Erzählen Sie weiter. Wo haben Sie damals gelebt?«

»Überall. Im Krieg waren wir in Berlin. Ich hasse solche Gespräche, vor allem dieses hier«, sagte sie mit einem Seufzen. Ihr glattes Marmorgesicht ließ keine Regung erkennen. »Ihre Flugzeuge haben meine Städte bombardiert.«

»Wir haben über diese Dinge noch nie gesprochen«, sagte ich. »Dabei wissen Sie so viel.«

»Natürlich«, sagte sie. »Ich habe ja ein Leben geführt.«

Sie ließ mich ohne ein weiteres Wort auf der Terrasse stehen und ging fort wie der alte Mann.

Ich verbrachte den Tag damit zu packen. Ich wusste, dass ich fortmusste, und zwar nicht nach Siracusa, sondern auf direkterem Weg nach Hause, wo ich mein eigenes Leben beginnen würde.

Einmal sah ich die Gräfin noch – als ich den Palazzo d'Oro verließ und mich von Haroun verabschiedete. Sie hatte mir den Rücken zugekehrt. Nun war sie wieder eine Fremde, eine Deutsche unter vielen hier in Taormina. Sie unterhielt sich innig vertraut mit dem alten deutschen Soldaten.

»Wer ist dieser Mann?«, fragte ich Haroun.

»Der Graf«, antwortete er, »wer sonst?«

9

Ich hatte gerade begonnen, diese letzte Enthüllungsszene zu schreiben, ich schrieb: »und dies, meine einzige Geschichte«, als die barbusige junge Frau mit dem goldglänzenden Bikinihöschen angeschlichen kam wie eine Katze. Sie baute sich vor mir auf, warf aber, da es Mittag war, keinen Schatten. »Sie sind wohl Schriftsteller«, sagte sie.

Seit meiner Rückkehr nach Taormina, wo ich, an einem Hotelpool sitzend, meine Geschichte aufschrieb, hatte mich das Mädchen nicht aus den Augen gelassen. Sogar ihre Nippel starrten, sie glupschten mich förmlich an. Wenn ich zu ihr hinüberblickte, lächelte sie. Ab einem bestimmten Alter, spätestens ab sechzig, verliert ein Mann die Fähigkeit zu unterscheiden, ob die Aufmerksamkeiten einer jungen Frau nur freundlich oder schon kokett gemeint sind. Was bedeutet es, wenn sie mit den Wimpern klappert und sich in den Hintern zwickt. Signalisiert sie sexuelle Offenheit, oder ist sie einfach nur süß? Wenn man diese Frage nicht mehr beantworten kann, ist man alt. Und wenn man akzeptiert, dass solche Warmherzigkeit mit Sex nichts zu tun hat, ist man wirklich alt.

Sie sind wohl Schriftsteller. Ich spürte sofort, wie einfältig sie war. Da sie nur gebrochen Englisch sprach, klang ihre Frage wie eine merkwürdige Aufforderung. Ich war gerade aus meiner Versenkung erwacht und wehrte reflexartig ab. Es war, als hätte sie mich bei einem bösen Streich ertappt.

Sie lachte hell – auch ihr Lachen hatte etwas Einfältiges. Die Sonne war so grell, dass ich sie kaum ansehen konnte, ich sah nur einen Umriss, dunkel, nackt, mit wallendem blonden Haar. Sie war Slawin, nicht Italienerin – Kopf und Kinn waren fuchsartig schmal, Augen und Wangen wirkten entfernt asiatisch. Sie war schon seit einer Woche hier, in Begleitung eines tiefgebräunten Mannes, den ich für ihren Ehemann gehielt.

»Sie schreiben doch. Also sind Sie Schriftsteller.« Eine schlichte Seele, die das Gespräch sucht.

Mein Klemmbrett, der große Schreibblock, die Ledermappe voller loser Blätter, meine Kritzeleien – all das interessiert sie allerdings gar nicht. Es war nur ein Aufhänger, um mich kennenzulernen.

»Ich habe Sie beobachtet.«

Und ich hatte sie beobachtet. Manchmal, wenn ich in meiner Geschichte ein Bild suchte, hatte ich mich bei ihr bedient. Ich hatte mir einen ihrer Bademäntel geborgt, ihr grobmaschiges Kleid, den weitkrempigen Hut. Das enge Höschen hatte mir eine goldglänzende Stofflichkeit geliefert, die ich verarbeitete. Es war die

Rundung ihrer Hüfte, die ich vor Augen hatte, als ich die Gräfin beschrieb, es waren die Rundungen ihrer Brüste, die ein gewisses Gewicht andeuteten, ihre feuchten Löckchen, die Lücke zwischen ihren schlanken Oberschenkeln. All das hatte ich in meiner Erzählung skizziert. Auch ihren Hals – ich hatte genau beobachtet, wie sie das Glas an die Lippen führte, um zu trinken. Ich liebte es, wenn sie schluckte, wenn sich ihre Nackenmuskeln spannten, ich liebte ihre Kehle, die beweglich war wie eine Schlange, die einen Frosch verschluckt.

Sie hatte einen seltsamen Moment gewählt, um mich zu unterbrechen. Ich wusste nicht, ob mein Gedächtnis erschöpft war und ob ich überhaupt weiterkommen würde, der Stift schwebte unschlüssig über dem Papier, und dann …

Dann schob sich diese junge, barbusige Frau vor die Sonne und warf ihren Schatten in meine Geschichte.

»Ich wünschte, ich könnte schreiben. Ich habe unglaubliche Sachen erlebt.«

»Setzen Sie sich doch.«

Ich drehte wie immer das Blatt um, ich mochte es nicht, wenn Fremde versuchten, meine Handschrift zu entziffern, genau wie ich es nicht mochte, wenn jemand meine Skizzen ansah. Außerdem spürte ich, dass ich die Geschichte an diesem Tag nicht weiter vorantreiben würde. Vielleicht war es überhaupt vorbei damit. Was fehlte eigentlich noch? Einige flüchtige Eindrücke von der Reise. Der Zug nach Messina. Der Nachtzug nach Palermo. Ein griechisches Schiff. Eine Koje dritter Klasser in einer Kajüte, die ich mit sieben Libanesen teilte. Der kalte Ozean, der Weg nach New York. Und vierzig weitere Jahre: mein Leben.

»Was machen Sie denn dann beruflich?«

»Ich bin Maler.«

»Dann malen Sie mich.«

Ihr hübscher Körper streckte und dehnte sich und bot sich mir an. Sie war sich bewusst, wie hübsch sie war, wie appetitlich ihre Brüste waren. Sie hatte sehr kleine Hände und Füße, ihre Finger waren die eines Kindes. Auf ihrem Rücken, an der unteren Wirbelsäule, entdeckte ich einen hellblonden sonnengebleichten Flaum, einen zarten goldenen Pelz.

»Sie sind Amerikaner.«

»Ja.«

»Ich würde so gern einmal nach Amerika fahren.«

Sie kramte in ihrem Beutel, den sie über der Schulter trug, und zeigte mir einen CD-Player und eine CD: Gloria Estefan.

»Und woher kommen Sie?«

»Aus dem ehemaligen Jugoslawien«, sagte sie. »Ich bin mit einem Freund hergekommen. Haben Sie ihn gesehen? Er musste leider fort, geschäftlich.« Sie schüttelte den Kopf, um ihre Haare in Ordnung zu bringen. »Ich mag Taormina. Nicht so viele Italiener hier. Wo leben Sie denn in Amerika? In New York? Da kenne ich eine Menge Leute.«

Was sie auch sagte, klang nach Lüge, bestenfalls nach einer Halbwahrheit. Ihr war ganz egal, ob ich ihr glaubte. Sie hörte mir ohnehin kaum zu, vermutlich dachte sie, dass ich sie ebenfalls belog. »Ich lebe zum Teil in New York, ich habe ein Atelier in …«

Da unterbrach sie mich. »New York, Wahnsinn«, sagte sie. »Kennen Sie Belgrad?«

»Nein.«

»Unglaubliche Energie. Aber Ihre Flugzeuge haben meine Stadt bombardiert.«

Ich war erschüttert – erst am Morgen hatte ich genau diesen Satz geschrieben. Sie hielt meine Verstörung für Mitgefühl.

»Alle Brücken, alles zerstört. Nur wegen Milošević.«

»Was halten Sie denn von ihm?«

»Ein starker Mann, vielleicht ein Ungeheuer«, sagte sie und lächelte. »Ich mag starke Männer.«

Ihr Handy klingelte, es spielte zwei Takte von *When the Saints Go Marching In* – bis sie es aufklappte. Sie sah kurz auf die Nummer des Anrufers und sagte: »Ich beobachte Sie, Sie sind immer allein.« Milošević und die Bomben waren schon vergessen. »Und ich denke mir: Er schreibt einen langen Liebesbrief an seine Frau.«

»Keine Frau.«

»Freundin vielleicht.«

»Keine Freundin«, sagte ich. »Ich habe nur dich.«

Das gefiel ihr offensichtlich, ihr Körper wirkte wie geladen. »Ja. Ich bin deine Freundin. Wie schön.« Sie strich mir mit ihren kleinen Fingern übers Bein. »Du musst ein Bild von mir malen in New York City.«

»Oder hier.«

Der junge Kellner im marrokanischen Gewand, der

mich immer in Ruhe ließ, wenn er sah, dass ich arbeitete, kam und fragte, ob wir etwas trinken wollten.

»Ich nehme Grappa«, sagte sie großspurig.

»Fusel«, sagte ich, als der Kellner ihren Grappa und meinen Wein servierte, »reiner Fusel.«

Erst als wir uns zuprosteten, fiel mir ein, dass ich sie noch nicht nach ihrem Namen gefragt hatte.

»Silvina«, sagte sie und leerte ihr Glas in zwei schnellen Zügen.

Ich war von ihrem Hals so fasziniert, dass ich einen Moment lang vergaß, ihr in die Augen zu sehen. Als ich es dann tat, sah ich, dass sie feucht waren, es waren die Augen einer Ertrinkenden, sie war bereits beschwippst. Sie lächelte und schwieg und betrachtete lächelnd meine Schuhe, meine Uhr, meine Tasche.

»Du bist wohl viel unterwegs«, sagte sie, offenbar versuchte sie, sich eine Vorstellung von meinem Leben zu machen, aber wie …

»Wie ein Vogel«, sagte sie. »Frei, ganz frei.«

»Ein alter Vogel«, antwortete ich, um ihre Reaktion zu prüfen.

»Gar nicht«, sagte Silvina, die mich noch immer betrachtete, als wollte sie mich trinken – als könnte sie sich an mir besaufen. »Dir gefällt doch dein Leben.«

»Ja.«

»Ich will dein Leben leben.«

Ich war sprachlos – dies war schließlich das junge Mädchen, das ich die ganze Woche über beobachtet hatte, ohne ein einziges Mal mit ihm zu sprechen. Hatte sie wirklich gerade diesen Satz gesagt?

»Noch einen Grappa«, sagte sie zu dem aufmerksamen Kellner.

»Wie wär es mit einem Abendessen?«, fragte ich. »Wir könnten ins Timeo gehen.«

Silvina schwieg, bis der Kellner den Grappa gebracht hatte. Sie trank einen vorsichtigen Schluck und stürzte den Rest hinunter, so schnell, dass es ihr in der Kehle brannte.

»Timeo ist das teuerste Restaurant in Taormina«, sagte sie. »Für uns beide bestimmt dreihundert amerikanische Dollar.«

»Vielleicht.«

Ihre Augen glänzten schwach, glasig vom Grappa, als sie sagte: »Gehen wir also hin und essen, und dann kommen wir wieder her und du sagst: Jetzt fick mich, bitte.«

Ich versuchte mein Erstaunen zu verbergen.

Und ohne eine Miene zu verziehen, fuhr sie fort: »Also, du könntest mir die dreihundert auch so geben und mich gleich ficken.«

Was ich fühlte, war eine Art entmutigte Erleichterung, wie wenn ein schreckliches Geheimnis gelüftet oder wenn ein Freund der Lüge überführt wird. Ich musste wieder an meine Geschichte denken, an die Gräfin, an ihre Würde, ihre Leichtfertigkeit, ihre letztendliche Kälte.

»Können wir drüber reden«, sagte ich. Ich sammelte meine Papiere ein, steckte Stift und Notizblock in die Tasche und machte mich auf den Weg zum Hotel. Silvina folgte mir ins Zimmer.

»Möchtest du eine Massage?«, fragte sie. Sie zupfte an den Schleifen ihres goldenen Bikinihöschens, das auf den Boden fiel und kaum größer war als die schwarze Scham, die nun zum Vorschein kam. Sie schnappte mit den Zehen nach der Hose und hob sie wie ein Äffchen auf.

Ich begehrte sie nicht, wollte aber nicht, dass sie ging. Das Einzige, was ich spürte, waren meine sechzig Jahre. Aber wie einst die Gräfin so wusste auch ich, dass sie alles tun würde, was ich von ihr verlangte, wirklich alles. Dieses »alles« war es, was mir die Lust verdarb.

»Ich werde dich zeichnen.«

Sie ließ sich am Fenster nieder, das letzte Tageslicht strich über ihren Körper, die Sonne stand rot und golden über dem Horizont, es war, als stünde das ganze Meer in Flammen und züngelte an ihrer Haut.

Ich zeichnete langsam, ich liebte ihren kleinen Kopf, ihre geraden Beine, den kleinen, jungenhaften Po. Das Licht vergoldete ihren Ausdruck, der mehrdeutiger, finsterer wurde. Sie fasste sich zwischen die Beine. »Du machst mich ganz wild.«

»Du bist mein Modell. Du musst still halten.«

»Bist du denn noch nicht fertig?«, fragte sie ungeduldig. »Das dauert ja länger als Sex.«

»Deshalb macht es so einen Spaß«, sagte ich und zeichnete ihre spöttischen Lippen.

»Das kostet extra.«

»Geld, Geld«, sagte ich und dachte: Du hungrige kleine Hure.

»Ich brauche das Geld«, sagte sie. »Nicht jetzt, aber später, wenn ich alt bin.«

»Was wirst du damit tun?«

»Ich kaufe mir alles, was ich haben will.«

»Vielleicht kommst du noch einmal nach Taormina, wenn du sechzig bist, und findest einen jungen Mann«, sagte ich. Zum Glück entspannte sie sich ein wenig, die Zeichnung war noch nicht fertig.

»Erst heirate ich einen reichen Mann. Ich lebe mein Leben. Dann, nachher, komme ich wieder her und finde einen jungen Mann. Einen *stallone*«, sagte sie. »Dem geb ich Geld.« Sie überlegte. »Es ist ja nicht schlimm, für Sex zu bezahlen. Es ist nur tragisch, wenn du es willst und kein Geld hast, um es zu bekommen.«

»Du brauchst mein Leben gar nicht«, sagte ich, »du wirst schon zurechtkommen. Weil du bereit bist, etwas zu riskieren.«

Ich redete und zeichnete. Sie war als Modell eigentlich ungeeignet, sie war viel zu ungeduldig, aber das störte mich jetzt nicht mehr. Ich wusste ohnehin, wer sie war. Die Zeichnung traf sie ziemlich gut.

Sie glaubte noch immer, dass sie mich gut unterhielt. Die Wahrheit ersparte ich ihr: dass ich wusste, wie angeekelt sie von mir war, und umgekehrt. Dass sie unsere Begegnung gleich wieder vergessen würde. Dass sie möglichst schnell fortwollte. Dass ich sie möglichst schnell loswerden wollte. Dass auch ich Taormina bald verlassen und niemals zurückkehren würde.

Dann war die Zeichnung fertig. Silvina nahm das

Geld. Als sie die Zeichnung sah, rief sie ärgerlich: »Das ist ja alles falsch! Warum hast du mir diesen Hut aufgesetzt? Warum hast du Handschuhe gemalt? Warum ziehst du mir dieses grässliche alte Kleid an? Du machst dich über mich lustig. Ich sehe aus wie ein Tier.«

»Wie eine Gräfin«, sagte ich, »eine *contessa.*«

»Ein Affe.«

Sie steckte die Geldscheine ins Höschen, neben dem ersten entstand ein zweiter Hügel. Als sie aus dem Zimmer ging, eilig wie jede Hure, wurde mir alles klar, vor allem verstand ich, dass die Gräfin mir absichtlich ihre Vergangenheit vorenthalten, dass sie mich davor bewahrt hatte. Damals glaubte ich, ich brauchte nur ihr wahres Alter zu erfahren, um der Gräfin überlegen zu sein. Doch das Geheimnis lag ganz woanders. Es ging um das Gefühl, eine Fremde zu sein, ohne Vergangenheit, es ging um das Schamgefühl, das die Menschen ehrgeizig macht. Sie war aus dem Nichts gekommen, das war der Grund, warum sie mich so schnell durchschaut hatte, wie ich nun Silvina durchschaute. Mit sechzig, so stellte ich fest, verbergen wir nichts mehr, wir genauso wenig wie die anderen.